N

CONTENTS

Quid rides? Mutato nomine de te fabula narratur.

（你笑什麼？只要改個名字，故事說的正是你。）

——古羅馬詩人賀拉斯

～本書閱讀方式～

本書共有六個篇章，閱讀順序可自由選擇。
可以隨便選一章開始讀，
隨便選接下來要讀哪一章，
隨便選最後用哪一章收尾。

接下來的六頁寫出了各章開頭的部分，
請選擇您想讀的篇章，翻到該篇的頁數。
讀完該章以後，再從這六頁清單選擇下一章，
想要慎重選擇或是隨機亂挑都無妨。

我想寫一個會隨著讀者改變的故事。
願各位讀者都能體驗到專屬於自己的故事。
還有，為了斷開本書每個篇章之間的連貫性，
每隔一章刻意印刷成上下顛倒。

作者

沒有名字的毒液和花

為了每月一次的記帳，我在雨中走著。

我進入空無一人的提款機區，從手提包裡拿出存摺。像我這樣快四十歲還在使用紙本存摺的人或許不多了，現在的人應該都是使用網路銀行吧。

皺巴巴的存摺封面印著我的全名——吉岡利香。

名字到底有什麼意義呢？我看著用稜角分明字體印刷的四個字思索。雖說有些人會在婚後改姓，我自己也是，不過姓氏通常一輩子都不會改變，而且是在還沒有自我意識的時候由別人賦予的。

名字代表了取名者的「心思」和「期望」，而不是代表使用名字者的本質。名字本身並不重要，帶給人生重大影響的事物多半沒有名字。

我在十三年前喝下的毒液也沒有名字。

可是那毒液如今仍流淌在我的全身。

▼閱讀本章↓請至072頁

不會下墜的魔球和鳥

有一套漫畫的主角是擁有棒球才能、名字只差一個字的雙胞胎。

一講到兄弟倆都打棒球，大人就會提起這部漫畫。但我和哥哥並不是雙胞胎，我們的棒球才能也很明顯地截然不同，而且我們的名字不只差一個字，一個叫英雄，一個叫普哉，而且漫畫裡的弟弟在故事的中途就死了，而我到現在還活著。

雖然還活著……

某天早上，我突然聽到這句話。

「你怎麼不去死？」

語氣陰沉，不帶任何感情。

之後五天我一直在思考。為什麼她會說出那種話？她到底在想什麼？到底打算做什麼？更重要的是，我當時只是很認真地在練習投球，為什麼會聽到「你怎麼不去死？」這麼殘酷的話？

▼閱讀本章↓請至075頁

沒有笑容的少女之死

報導寫到，獻花臺上堆滿無數花束。

十歲少女橫屍街頭。旁邊的人發現少女趴在地上，急忙跑過來看的時候，她已經沒了呼吸。

報導裡附有她生前的照片，樹葉篩落的陽光灑在少女的額頭上，她露出微笑，渾然不知即將發生在自己身上的事。

我知道是誰害死了少女。

只有我一個人知道。

但是，我大概一輩子都不會說出來。

▼閱讀本章↓請至164頁

不能飛的雄蜂之謊言

小學四年級時，我在回家途中的坡道上看到一隻雄琉璃灰蝶從眼前掠過。我立刻去追那隻描繪出藍白色軌跡的蝴蝶。

可是我才追了幾秒，就不小心被路邊的樹叢絆倒，滾下長滿雜草的山坡。山坡上有個破酒瓶，碎片割傷了我的右大腿，血把裙子染成一片鮮紅。我嚇得連哭都哭不出來，此時正好有個和我年齡相仿的男生路過，他趕緊跑去附近的住家敲門求救，後來我被救護車送到醫院，傷口縫了十四針。

隔天我請假在家休息，但我卻在傍晚瞞著媽媽偷溜出去。我心想，那隻琉璃灰蝶或許又會出現在坡道上。我撐著拐杖走到坡道，沒有找到琉璃灰蝶，卻看到昨天的少年在山坡上，他仔細地一塊塊撿起酒瓶碎片，放進一個髒兮兮的塑膠袋。我很想幫他的忙，也想向他道謝，但又不好意思開口，只能默默站在一旁看著。

——如果沒有酒就好了。

過了一會兒，少年沒有看我一眼就往山坡下走，自言自語地說道。

▼閱讀本章↓請至167頁

機身開始慢慢下降。

眼前的螢幕顯示著現在的位置，中央的飛機符號朝著上方靜止不動，地圖則一點一點地往下移。我照著日本時間把手錶指針調快八小時。晚上變成白天，平凡無奇的九月下旬變成白銀週的最後一天。

自從十八歲離開日本，我大約十年沒回國了。

腿上放著一幅畫，那是奧莉安娜給我的，圖畫紙上用鉛筆畫了荷莉安詳的睡臉。

——不要忘記我媽媽喔。

十歲的奧莉安娜一邊這麼說，一邊把畫交給我。

我不可能忘記的，包括荷莉的事、奧莉安娜的事、我那一夜在都柏林海邊經歷的事，還有我打從出生以來第一次相信真的有神存在的事，即使只有短短的兩個月。

▼閱讀本章↓請至262頁

不能入睡的刑警和狗

這市鎮五十年沒發生過凶殺案了。

案發當晚，有一隻狗從凶案地點消失了。我拚命地找尋那隻狗，在樹林裡，在馬路上，怎麼找都找不到。

不是以刑警的身分，而是以一個人的身分。

在找狗的途中，我思考了很多事，包括他殺害鄰居夫妻的理由、他心裡藏著的事、裹在他左手的白色繃帶，還有案發兩週之前他手上的菜刀。

但我完全沒想過自己的問題。

▼閱讀本章↓請至265頁

N

「怎麼可能嘛。」

雲層的縫隙似乎漸漸變大。

眼珠島另一側的景象。從這邊看不見的景象。我想像著雲層投射下來的光柱在那邊排成一圈，如花瓣一般，五條光柱等距排列。另一側的景象或許是這樣，或許不是，不是的機率應該比較高。

但我還是覺得有可能。如果出現了這種近乎奇蹟的景象，世界或許會有些許改變。背負著無法消除的罪惡的身體或許有朝一日能再鼓起勇氣抬起頭來，我一直想聽的精一的話語或許哪天也會傳進我的耳朵。如果那裡的海面真的出現了世上最美麗的花。

「就在那裡。」

江添轉動上身，朝著倉庫的暗處喊道：

「喂，吉岡，利香來了喔。」

我先前都沒注意到，此時往倉庫裡一瞄，的確在裡面。留下後遺症的身體躺在暗處，眼皮朦朧地睜開，但還沒望向我這邊又闔起了，大概是很睏吧。我在水泥地上移動臀部，身體轉向江添他們。

「你們已經搭檔十三年了呢。」

「這傢伙的身體都變成這樣了，不能每次都出動。」

我望向海洋，壓著空氣的雲層不知何時出現了縫隙，陽光筆直射向眼珠島的後方。

「還能再工作多久呢？」

「天曉得……大概再一兩年吧。」

雲層出現的縫隙不只一個，而是有好幾個，彼此相隔一段距離，投射下來的光柱也是一樣的數量，那些光柱像純白的雷射光，在海洋的另一端排列成一直線，但是我的視線被眼珠島擋住，看不到光柱照在海面上的模樣。

「那些光柱正好有五條。」

「正好什麼？」

「如果位置排得好，或許會在海面上形成花朵的圖案。」

「早就沒那種心情了。」

我真的已經沒有那種心情了。

「精一高中留級時……你是知道原因，才會去找他說話、跟他當朋友吧？」

「啊？」

「你是想要幫助他吧？」

成群的海鷗在海灣上交錯盤旋。

「為什麼這樣問？」

「走著走著就想起了以前的事。」

江添不耐地用雙手抹了抹臉，答道：

「不記得了。我的記性差得很。」

海風撫過皮膚，成群海鷗朝這裡飛來。一隻，又一隻，滑翔過來降落在堤防邊緣，像是遵從命令似地整齊列隊。

「昨晚的工作……很久沒跟吉岡一起做事了。」

「這樣啊。」

「這次的工作只是找一隻狗，但我自己一人實在沒辦法，所以讓吉岡一起去，好不容易才合力解決，不過還是忙了一整晚。」

「在哪……？」

我看看四周，看到的只有海鷗。

「哪有什麼不行的。」

我穿著牛仔褲的臀部坐在粗糙的水泥地上，背靠著倉庫的門。眼前是灰色的海灣，左邊是孤單飄在海上的眼珠島。

「請不要再匯款給我了。」

我已經說過這句話很多次了，所以我知道會得到怎樣的回答。江添呻吟著坐起來，表情和動作果然如我所料，他搖了搖頭，眼睛沒有看我。

「都是因為我才會發生那種事。」

他每次回答時都不看我。

「如果當時我沒有在馬路對面大喊，就不會發生那件意外了。」

不對，那是我的錯，一切都是我造成的，精一會被捲入那件事，會去到那個地方，都是因為我。可是我一直沒有說出這句話，如果我說出來，江添一定會讓自己背負起更沉重的責任，他會一再匯款給我也是因為這樣。他行事亂無章法，又很笨拙，但他總是全力以赴地幫助別人，還會獨自扛起沒必要背負的責任。江添就是這種人。沒有任何人懲罰我，江添沒有，得到消息的精一父母也沒有，但是沒受到懲罰對我來說反而是一種沒有罪名的懲罰。

「妳是不是有人了？」

他大概是問我有沒有新對象吧。我默默地搖頭。他輕哼一聲，誇張地打了個哈欠，可能是假裝的吧。隆起的喉結在肌肉下顫動。

我走進漁港，沿著左側的倉庫走在堤防上。我曾經在這漁港的角落看過我以前的學生一個人在練習投球，如今他已經畢業，在高中加入了棒球社。他一向對著鋪了墊子的倉庫牆壁投球，不過現在天氣這麼差，他應該沒來吧。

虧我還在想，如果見到他，就要跟他聊幾句。

我邊走邊想著這些事，突然看見倉庫屋簷下方的門半掩著，門縫中伸出髒髒的東西。我發現那是人的腳，嚇得停下腳步，走近一看，發現那是江添，又嚇了一大跳。

江添從膝蓋以上躺在陰暗的倉庫裡。不只是躺著，他根本睡到不省人事。

「唔……」

我看了好一陣子，他才微微睜開眼睛。

「你在這裡做什麼？」

「喔喔……我遇上了麻煩的工作，搞到早上才做完，本來想回辦公室，途中跑來這裡躲雨，結果就睡著了。」

現在都快要中午了。到底是要多累才會在這種地方睡這麼久啊？

或許他的工作真的很辛苦吧。「寵物偵探‧江添&吉岡」如今已經是聲名遠播的搜尋寵物業者，不只在本市有客戶，還有來自外縣市的委託，有些只是單純地找尋寵物，偶爾也會有非常麻煩的工作。

「我可以坐在這裡嗎？」

後來聽說那是當場死亡，應該沒有受到太多痛苦吧。

（十）

類似切割塑膠的印刷聲停了下來，ＡＴＭ吐出存摺。

我十三年前改的名字，吉岡利香。印著這名字的封面彎曲發皺。我一頁頁往前翻，可以看到房租、電費、手機月租費的扣款紀錄之間偶爾夾雜著江添的匯款資料，有的間隔一個月，有的間隔三個月，金額有時是三萬圓，有時是五萬圓。

在那件意外之後，他經常匯錢給我。我每次收到錢都會請他別再這樣做，但是過一陣子又會收到匯款，十三年來從來沒停過。他說因為是他造成了那件意外。

我撐起傘，離開了銀行，一邊走一邊回憶往事。城市浸淫在九月的靡靡陰雨中，桂花的黃色花瓣落在溼答答的柏油路上。這幅景象不知為何很不真實，我一邊走一邊感覺自己正在欣賞明信片上的風景畫。

我沒有回公寓，而是走向漁港。當海洋出現在我的眼前時，雨聲小了不少，看到眼珠島的時候已經不需要撐傘。

我看著前方的小島，走下坡道。漁港空無一人，凹凸不平的水泥地積了小水窪，水中泡著一個皺巴巴的塑膠袋。天空覆蓋著雲層，顏色是溼潤的灰色，像是被踩踏過的白花。

「那是椅子嗎？」

知真皺起眉頭。

「啊，對耶。」

江添手上的東西好像是事務所的摺疊鐵管椅。

「如果要當作武器，這是不錯的選擇。」

「哪裡不錯了？」

「因為不會造成重傷。我也看過摔角選手用摺疊椅攻擊對手。」

我想江添選擇摺疊椅一定沒有經過深思。我不置可否地點點頭，此時馬路對面的江添轉向我們這裡，這次他沒有把臉轉開，他右手抓著摺疊椅，身體前傾，注視著這邊，看了十秒鐘左右，終於確定是我們，他高舉著摺疊椅大聲呼喊。發現朋友平安無事，他很單純地感到開心，簡直就像克服了重重阻礙、好不容易才找到了失蹤多日的朋友。我們還來不及回應，小狗就先做出反應，牠迅速把臉轉向江添，立刻拔腿狂奔。精一發出驚叫，狗繩從他的手中滑出，一下子就移動得很遠。

「這隻笨狗……」

精一朝小狗追去，跨過人行道的邊磚。從右方急速接近的純白光芒把那條身影照得清晰如白晝。類似腦袋撞上牆壁的輕微撞擊聲響起。被撞飛的身軀化為黑影飄在半空，緊急煞車的輪胎發出無意義的咆哮。靜止的車頭燈照亮地面，落在光芒中央的身軀一動也不動。

去。

原來如此，這麼一說確實很有可能。或許牠是想要找到江添喜歡的食物帶回

反正是不是都無所謂。

「咦？」

我抬起頭來，突然大感意外，因為江添出現在馬路對面，不知道他來這裡幹麼，他一邊走在對面的人行道一邊左顧右盼。精一也看見他了，笑著說道：

「我剛才打電話給他了。」

「什麼時候打的？」

「妳跑進工廠的時候。我很擔心，但我什麼都不能做，又不能叫警察，只好打電話給那傢伙，把事情跟他說了。我明明才剛跟他吵過架呢。」

精一垂下眉梢，轉頭看著知真。

「看吧，我很沒用吧？」

知真不知所措地思考該回答什麼。

「我覺得有人可以依靠是一件好事。」

「我也這麼想。」

江添站在路燈之下，但我們坐在暗巷裡，他大概沒看到吧。他的臉偶爾會轉向我們這邊，但視線很快就掃過去。他的右手拿著一樣東西，像是附了方形板子的小梯子……

「他是誰啊？」

對了，我到現在還沒跟知真解釋情況。

於是我一一向他說明，說精一是我的結婚對象，他和高中同學合開了一間寵物偵探事務所，收留了一隻在工作中遇見的尋血獵犬，就是這隻獵犬循著楊梅的味道把我們帶來這裡的。知真聽完這段冗長的說明，點頭回答「喔喔」，但又不知該說什麼，只能低頭繼續看著自己的腳尖。不過，我覺得他的眼神已經跟先前不一樣了，是因為精一那段突兀的分享嗎？還是因為見到科任老師的先生、又聽到寵物偵探和尋血獵犬這些莫名其妙的話題呢？不管怎麼說，我認為知真的眼神改變這一點有著很重要的意義。他盯著的無名小狗此時沒有聞運動鞋，而是把鼻子貼在地面，像是在找尋什麼。

「……我現在才想到，這傢伙或許是在找楊梅。」

精一彎下身子摸摸小狗的頭，小狗表現出驚嚇的反應，然後一副無奈地接受了他的撫摸。

「什麼意思？」

「我是說，牠或許不是聽懂了妳的懇求，而是想找楊梅，才循著味道來到這裡。」

「為什麼？」

「因為江添在事務所吃得很開心。」

「在那段日子裡，我真的好討厭自己。聽到要留級的時候，我開始萌生自殺的念頭，每天想的都是這件事，我會跑到高地的公寓頂樓，甚至搭公車到山崖上，但我總是提不起勇氣，最後還是回家了。」

精一的眼鏡反射著遙遠路燈的光芒，看不清楚雙眼，但是從他提起的臉部肌肉可以看出他正在微笑。

「我終究還是撐過來了，像我這種人都能長大成人，像現在這樣好好活著，所以你一定更沒問題。」

車輛駛近，電線杆的影子逼近。等到影子在我們前方消失後，知真用不帶感情的聲音說：

「你又知道了？」

「因為你很強悍啊。」

精一笑著回答，彷彿在談一件理所當然的事。

「你準備向那些可怕的人復仇，這樣已經很厲害了。換成是我只會嚇到發抖，動彈不得，連話都說不出來。」

知真默默地盯著精一良久，然後他舉起右手，伸向對方。精一見狀也伸出手去，但知真避開他的手，比向他的胸口說：

「……這位是？」

「嗯？」

己就是個蒼白無力的人，我夢想成為一個好老師，懷著無法達到目標的不滿，好不容易遇到機會就不顧一切地跳進去。我擅自揣測知真心中的想法，誤以為他打算殺人，但藏在他心中的卻是如此悲傷的決定。最後我好不容易來到這裡，終於在最後一刻阻止了知真。但一切都是多虧了這隻狗，多虧了這隻沒有名字的狗聽懂了我的懇求，把我帶到這裡來。

「其實我也是……」

一直沉默不語的精一突然開口說道。

「我也想過要自殺。」

他的語氣平淡得像是在談論最近看的電視節目。知真緩緩抬起頭，我則是整個上身轉向精一，過了好幾秒才擠出聲音說：

「你在說什麼啊……」

「啊，不是啦，我說的是以前的事。妳還記得吧？我高中不是留級過嗎？其實不是因為生病。當時我確實生病了，但病情很輕微，幾乎沒有症狀。」

怎麼回事？

「其實我被學校裡的流氓學生盯上，常常被他們勒索、拳打腳踢……我只是受不了他們的欺壓而不敢上學，所以我向醫生和父母說謊，把自己的症狀說得很嚴重，還因此而留級。」

精一嘆了一口氣，放在腿上的雙手時而豎起拇指，時而放下。

後來知真一直用貴志的名字和他們相處，還會在半夜跑來廢棄工廠，跟他們廝混在一起。他們向他要錢，他都會從錢包拿出父親給的零用錢交給他們，所以他們更歡迎他了。知真受到他們的寵愛，開始想要成為像他們一樣的不良少年。把別人的人生搞得一塌糊塗的不良少年。

——我知道他們和殺死我媽媽的是同一類人，可是我無法忍受只有我遇到壞事和傷心事。我想當個壞人，向這個世界報仇。

但他在一個月前改變了想法。

某天晚上，他跟著那些男生去便利商店買東西吃的時候，他們向他自吹自擂，說自己曾經騎車撞死人，仔細一聽，地點和時間都和他母親的交通事故一樣。

——所以我放棄了變壞的想法。

取而代之的是……

——我決定要做出自己能力範圍內最大的復仇，讓他們留下無法磨滅的記憶。

在知真被抓去輔導的那一晚，他之所以阻撓警察讓那兩人逃走，是因為他們的身上帶著大麻，如果他們被抓了，他就沒辦法向他們執行自己的復仇計畫了。

「我的人生……已經結束了吧。」

小狗依然嗅著知真的運動鞋。

「人生不會那麼簡單就結束的。」

除此之外我還能說什麼呢？不管說什麼，聽起來想必都很蒼白無力，因為我自

——包括植物的外觀，以及毒性，我以前都查過。但我不想把事情鬧大，所以沒有告訴老師或朋友我發現毒參的事。

後來他母親在春節時死於交通事故，但知真只聽說母親是被不良少年騎機車撞死的，不知道加害者是誰。他向父親詢問，父親說不知道，他也沒辦法確認父親說的是真是假。

——學業和未來我都不在乎了……

後來知真經常趁父親不在家，在半夜溜出家門，漫無目的到處閒晃，結果被先前那兩個男生盯上了。他們把知真帶到小巷恐嚇勒索，知真就從錢包拿出萬圓鈔交給他們。

——反正我也沒有什麼想買的東西。

那兩個男生對知真很有好感，大概是覺得他有用處吧，後來還把他帶回他們的根據地，也就是這座廢棄工廠。

——其實我覺得有一點開心。

我多少可以理解知真的心情。在整個世界都很灰暗的時候，有人對自己釋出善意，無論對方是怎樣的人都會覺得開心，若是得到年紀比自己大的人青睞就更開心了。

——你為什麼自稱貴志？

——我被他們帶到小巷勒索的時候，他們問我名字，我很害怕，所以說了謊。

性警察走過來，聽女警簡單報告了情況，他用手電筒從門口照了照工廠裡面，大概只是在做做樣子吧，一下子就把門關上了。

——我聽說這裡要開一間西裝店，不知道什麼時候才會開。這種地方容易引來不良分子聚集，真讓人頭痛。

說是這樣說，但他似乎不是真的那麼困擾，隨即走回警車。留下來的女警看了他一眼，接著轉頭盯著知真，她還沒發問，我先說自己是國中老師，這男孩是我的學生。

——怎麼會在這種時間帶學生出來遛狗？

——我家的狗很煩人，所以有時很晚了還要出來遛狗。對不起，我們現在就回去。

——這種時間也該回家了……不過養寵物的確很辛苦呢。

她的視線往下移，望向因先前的騷動而害怕不已的小狗。

——我有個六歲的兒子，但他好像不太喜歡動物。我倒是很想養寵物，聽說和動物相處可以陶冶情操。

我想到江添，不禁對女警說的話感到懷疑，她說完之後就回警車了。

後來我們並肩坐在這邊，聽知真敘述過去的事情，包括他在母親還活著的國一時期曾經參加生物社的活動去眼珠島，在採集植物時偶然發現野生的毒參。他名字的由來是蘇格拉底，所以他在國小就已經知道被用於處刑的毒參。

水壺，水壺的背帶掛在知真的脖子上，他的身體也隨著甩動的水壺而傾斜，我伸出雙手推向他，兩人一起倒下，水壺裡的東西都倒在水泥地上了。

此時有個男生發出喊叫，他沒有看我們，而是看著朝向大馬路的窗戶，窗外有個人形的黑影。當我注意到那人形輪廓的後方停著警車時，那兩個男生已經做出反應，他們抓起各自丟在地上的隨身物品，拔腿就跑，我猶豫了一下，也揪著知真的衣服逃跑。工廠有個類似後門的地方，那些男生打開門鎖跑出去。我也拉著知真衝出去，但出去之後就不知道該怎麼辦了。此時精一抱著小狗從工廠和後方公寓之間的暗巷跑過來，他喘得像是剛從水裡浮上來似的，指著暗巷的方向，似乎想說什麼，隨即有一道手電筒的光芒從那個方向射來。

一位三十出頭的女警走了過來。

她露出詫異的表情，這也是應該的，畢竟她發現有人非法入侵，跑過來卻只看到平凡的男女和國中生，還有一隻狗。

——你們在這裡做什麼？

——來遛狗……

我謊稱看到工廠裡面有人，所以繞到後面來確認。

——裡面的人呢？

——從那個門出來之後就跑掉了……

我聲稱不知道他們去哪裡，也沒看清楚他們的長相和體型。一位看似老鳥的男議，在批判他的人們面前接過毒藥一飲而盡，這種從容赴死的態度令人聯想到被釘上十字架的基督，蘇格拉底這個名字世世代代受人傳頌。

「你們好好地看清楚自己做了什麼事。」

（九）

廢棄工廠的停車場比人行道高出一階。

我們坐在停車場的邊緣。

眼前的大馬路偶爾會有車頭燈掠過。較近的車道每次有車輛由右往左駛過，路邊電線杆的影子就會拉長。影子先往左延伸，以電線杆為支點掃向我們這邊，還沒到達我們所坐的地方就消失了。

「如果我想殺他們，應該辦得到。」

知真坐在我和精一之間，低頭盯著自己的腳尖。我們帶來的小狗正不停地嗅著他的運動鞋。

「可是我不想……我不想對他們……」

知真沒有把話說完，只是用雙手握住空空的水壺。

我在千鈞一髮的時候趕上了。

知真在陰暗的廢棄工廠裡準備喝下毒參汁液的時候，我拚命伸長右手打掉他的住掛在脖子上的水壺。

「我好不容易才準備好的，別妨礙我。」

他打開水壺的蓋子，丟在地上。他到底想做什麼？從目前的情況看來，他不可能讓這兩個男生喝下水壺裡的東西，而且我也不會坐視不管，我來這裡就是為了阻止他。

知真拿著水壺，深吸一口氣，像是為了堅定決心。

他吸進去的空氣隨著話語吐出。

「其實我的名字不是貴志，而是知真。」

那兩個男生僵住了。

「你們光聽名字大概還想不起來吧。我姓飯沼。」

知真的臉上第一次出現了表情。他在笑。嘴巴閉著，臉頰肌肉拉高，眼睛瞇起，看起來非常愉快。看到他把水壺湊近嘴邊，我的胸口頓時變得冰涼。

我是不是誤會知真的「目的」了？

——你的名字有什麼含意？

我現在才想起來。

——蘇格拉底。

毒參的莖上有獨特的紅色斑點，被稱為「蘇格拉底之血」，因為那位哲學家被判死刑之後就是用毒參汁結束了自己的生命。他在監獄裡拒絕了朋友勸他逃獄的建讓別人知道，我必須獨自解決這件事。

「……妳不走嗎？」

那男生似乎覺得很有趣，又朝我走近一步。我們的距離本來就很近，此時他的T恤都快要貼到我臉上了，我聞到汗水味，下巴也感覺到打火機的熱度。

「話先說在前頭……我可是殺過人喔。」

站在他身後的知真低下頭。他的臉上掛著怎樣的表情呢？聽到這個男生把改變他人生的悲劇當成殺手鐧、當成最厲害的武器來恐嚇人，他的心中作何感想？

「喂，這女人沒有比我們大多少吧？」

另一個男生走了過來，他和站在我身邊的男生一起打量我的全身上下。他們接下來說的話明明是從不同方向傳來的，但我不知為何分不出哪句話是誰說的。

「長得挺騷的。」

「而且是穿裙子，可以直接上。」

「順便拍照留念吧。」

「接下來會很麻煩喔。」

一輛大貨車從外面的大馬路經過，窗戶隨之震動。

聲音平息之後，知真猛然抬頭。

「老師……妳來做什麼？」

那兩個男生聽到我是老師，似乎有些慌張。站在他們後方的知真舉起雙手，抓小時候連單槓都不會翻。我用攀在窗框上的雙手撐住騰空的身體，找尋能踩踏的地方，但我早就知道沒有任何東西可以踩。我無意義地揮動雙腳，身體突然往前一傾，接著往前翻了半圈，摔進室內。

「妳……要幹麼？」

我還趴在地上呻吟時，一個男生拿著打火機走過來。我拉好裙襬，掙扎著站起來。我望向站在他身邊的知真，努力擠出冷靜的語氣說：

「我是來找他的。」

如同飄浮在黑暗中的面具，知真默默地轉頭看著我。或許是火光閃爍的緣故，他的臉色彷彿變換不定，看不出真正的表情。掛在他脖子上的銀色水壺不斷地搖晃。

「妳找他幹麼？」

拿著打火機的男生已經來到我身邊，他那不慌不忙的語氣和熟練的恐嚇態度讓我突然害怕起來。

「他沒空理妳，妳還是走吧。」

「這裡又不是你們的地方。你們應該是非法入侵吧？」

要這樣說的話，其實我自己也是非法入侵的。我刻意想著這些事，努力讓自己鎮定下來。外面斷斷續續地傳來引擎聲，每次聽到聲音，窗外就會有車頭燈掃過。外面的人行道此時一個路人都沒有，就算我大聲呼喊也不會有人聽見。不對，不能警，警察來了之後，在閒聊時提到燃燒大麻會產生類似乾草腐敗的獨特味道。我現在聞到的就像警察形容的那種味道。

「你搞什麼啊，簡直像個小學生。」

一個人笑著說道，另一個人也跟著笑了。

「又不是要去遠足。裡面裝了什麼？」

「寶貴的飲料。」

「貴志，你真是個怪胎。」

看來知真用了假的名字跟他們往來。

「什麼飲料？讓我喝喝看。」

「不行，這是我的。」

我下定決心，抓住窗框，往橫向用力推，可是推不動，大概是年久失修卡住了。不對，窗戶上了鎖。我把手伸進窗戶破掉的地方，打開了鎖。

「還是別這麼做吧。」

精一的聲音在顫抖。不，不只是聲音，他握著狗繩的手也在發抖，但我若是不去，事情恐怕會演變成無法挽回的局面。我握住精一的手，朝裡面喊道：

「貴志。」

暗巷的氣氛頓時凍結，我感覺到所有看不見的目光同時朝我望來。我打開窗戶，雙手攀住窗框往上一躍。這是我有生以來第一次爬窗，技術當然不好，畢竟我我們最後來到一條細長的暗巷。

這裡是城市東北側大馬路邊的廢棄工廠和後方公寓之間的小巷。

每次經過這條大馬路，我都會看見這座廢棄工廠，卻想不起上面掛的公司名稱。招牌大約一年前被拆掉了，然後工廠荒廢至今，再也沒人會來。停車場水泥地的縫隙長出酢漿草和黃鶯花，建築物的牆上攀爬著虎葛，完全就是一副廢棄工廠的模樣。

我從霧玻璃的裂縫往裡面窺視。

裡面有人影。天花板的燈當然沒亮，大馬路的路燈從另一邊的窗戶照進來，所以看不清楚人的樣貌。有年輕男生的聲音。像好朋友一樣摻雜著低級笑聲的對話。其中一人的聲音聽起來顯然是知真。他使用了敬語，可見跟他在一起的男生比他年長。

黑暗之中發出橘色的光芒。一個男生把打火機湊近臉邊，他不是孩子，但也還沒完全脫去稚氣。打火機的火光隱約照亮了周圍，可以看出這個地方空無一物。以前應該放了很多機械，但現在全都撤走了，只剩下空蕩蕩的水泥地。

包括知真在內，裡面共有三條人影。

破掉的玻璃窗飄出一股令人厭惡的味道，不是菸味，而是某種我不知道的東西，但那味道勾起了我的記憶……對了，我大學時代跟植物採集社團去山上，有位學長發現野生的大麻，這種植物是製造毒品的原料，他為了慎重起見就打電話報精一搔搔耳朵，低頭看著「狗」。

「那就只能靠這傢伙囉？」

要把這隻小狗從辦公室帶出來很不容易，直到在牠項圈繫上牽繩為止還沒問題，但精一抱起牠走向門外，牠就開始死命掙扎，或許是害怕又被帶回那座島上，牠揮動四腳，朝著江添求救似地高聲狂吠，但江添卻不以為意地從沙發起身，走到後面的房間，把門關上。我們花了二十分鐘，好不容易把驚慌失措的小狗安撫下來，讓牠認命地被我們帶出大樓。

「我也不知道管不管用……」

我從包包裡拿出塑膠袋，裡面是江添吃剩的楊梅。原本鮮紅的果實在黑暗中看起來黑漆漆的。

「沒有受過訓練的狗應該很難循著味道追蹤吧。」

就算精一不說我也知道，而且知真現在穿的或許不是我在學校看到的那雙運動鞋，可是，如果我猜得沒錯，那我一定要盡快找到知真。毒參搾出的汁液無法長久保持毒性，如果知真查過毒參的特性，一定知道這件事。

（八）

「這隻狗……或許是天才呢。」

昨天從菅谷寵物診所回到公寓後，我翻閱了房裡的圖鑑，越看書中圖片越覺得相似。我查詢毒參的資料只是出於對植物的興趣，不過……

——我想要做正確的事。

今天我聽到知真說了這句話。

——因為光是活著根本沒有意義。

而且我還發現搾汁器有使用過的痕跡。

聽說知真上個月深夜遊蕩被警察抓住時，身邊還有另外幾個人，他們一看到警察就立刻逃走，知真還跳出來阻止警察追上去。

當時逃走的是兩個人嗎？知真讓那兩人逃走，是不想讓警察知道他們之間的關係嗎？因為警察要是發現他們認識，等到他實施「計畫」之後就會被當成嫌犯。

昨天知真帶著鏟子去到眼珠島，他之所以準備鏟子，想必是早就知道島上有野生的毒參，說不定是他國一參加生物社、跟著前任顧問老師去眼珠島時發現的。知真搭橡皮艇離開後，我去他先前待過的地方查看，發現地面有掩埋的痕跡。或許那不是埋了東西，而是把整株毒參連根挖出的痕跡。

當然，這一切可能只是我的誤會，如果只是誤會就好了。但我一定要確認清楚，所以我打電話給精一，請他幫我跑一趟眼珠島，去調查生長在那裡的植物到底是不是毒參。

「既然不在家……」

他家位於偵探事務所的西南方，相距大約兩個公車站。高地上羅列著時尚的住宅區，稍遠之處有一間獨棟房子，背對山坡，面向灣岸的馬路，偶爾會有車輛高速經過。知真的母親就是在這條路上被機車撞到的。

「好像不在。」

聽到精一這麼說，我點點頭，望向門裡。屋內完全沒開燈，每扇窗子都是烏漆抹黑。車庫裡沒有車子，只能看到一側的牆邊雜亂地堆滿了大大小小的箱子和類似行李的東西。沒有名字的小狗在我們的腳邊頻頻嗅著地面。

「他是姓飯沼吧？他會不會跟妳說的那些不良少年在一起？」

「或許吧，我也不知道。」

我在來此的途中把知真的事全都告訴了精一，包括他母親在一年多前過世，他上個月被抓去輔導，以及理科教室的搾汁器有使用過的痕跡。

「利香，想不到妳光看花和葉子就認得出那是毒參。」

「我起先只是覺得很像。」

我在眼珠島上遇見知真的地方，有一片區域沒有雜草，只見一片凌亂的黑土，旁邊長著繖形科的植物，那白花和葉子的模樣很像我以前在圖鑑上看過的毒參。這種植物整株都含有毒性生物鹼，稱為毒芹鹼，具有強烈的神經毒性，搾成汁液也是致死性極高的毒液。毒參原本生長在歐洲，在日本並不普遍，偶爾可以在北海道看到，有時還會發生當地居民誤食而中毒的案例，但是其他地區很少發生這種事。

嘴，因為吵架的原因是食物，他們還互相嘲諷對方的體型。男人都是這樣嗎？若是如此，全是男性的公司能撐下來簡直就是奇蹟。

「抱歉，我不會再吃了。」

江添最後說了這句話，把只剩幾顆楊梅的盤子放到矮桌的一角。他的動作好像在推開什麼髒東西，或許是故意的吧。精一本想說些什麼，結果還是沒說，只發出了舊輪胎漏風般的嘆息。

「對了……那件事怎樣了？」

聽到我的詢問，精一才想起此事，轉身面對我。

「真是嚇到我了，跟妳講得一樣。」

我一聽就立刻拿出手機。離開學校之前，我先去查了知真家裡的電話號碼。我早就想好，如果精一去眼珠島確認的結果和我想得一樣，我就得盡快找到知真。可是我打電話過去只響了一聲，就切換到語音答錄機。我把手機放回包包，轉頭望向沙發上神情不悅的江添。

「那隻狗真的擁有魔法鼻子嗎？」

（七）

我靠著地址找到了飯沼知真的家。

「狗」在睡夢中抬起耳朵。牠的耳朵是下垂的，所以還有一大半貼在腦袋旁邊。

這時有個腳步聲逐漸爬上樓梯，來到門前，門一打開，小狗立刻起身，擺出警戒姿勢。江添露出難受的表情，大概是因為狗踩在他的肚子上吧。精一走進辦公室，抬起圓圓的臉龐對我說：

「我到船塢時已經快打烊了，我說很快就會還，硬是租了手划的小船，結果很久才歸還，還被老闆罵了。」

「對不起，你難得放假還要你辛苦奔波。」

「沒關係啦……」

精一望向江添，表情變得嚴肅。

「你這傢伙，我不是說過不准吃嗎？」

「啊？」

江添把正要放進嘴裡的楊梅放下了。精一怒氣沖沖地走過去，江添肚子上的「狗」繃緊身體。

「你有說過嗎？」

「有啊。」

「我沒聽到，你得大聲一點才行。」

「我本來準備今晚一邊思考如何幫公司打廣告一邊吃的……」

後來他們一人氣得肩膀聳起，一人躺著，展開一段完全不像成年人會有的拌

「對了，妳叫他去做什麼啊？」

「和我的工作有關。」

知真離開以後，我又回到理科教室，打開放顯微鏡的櫃子，一臺一臺檢查旋鈕的狀況，結束之後，又從另一個櫃子拿出明天做草木染要用的搾汁器，此時我的動作赫然停住。

因為我發現搾汁器上沾了某種液體。

我的心中突然冒出不祥的預感，我急忙回到教職員室，拿起包包，走出房間爬上樓梯。在教職員室可以講手機，但我不想讓其他老師聽見。我走到頂樓，從包包拿出手機，打給精一。我知道今天是他創業以來第一次放假，但我實在找不到其他人幫忙。

——我有事要拜託你。

知真在眼珠島上待過的地方。覆蓋著不平整的黑土、像是埋了東西的地方。必須去那個地方確認一些事情。

「江添先生……你知道蘇格拉底嗎？」

「哲學之父。」

「是的。」

「我知道的只有這樣。」

喝到一半的罐裝啤酒在他的吐氣之下發出「崩」的一聲，趴在他肚子上的我所坐的地方是後面的工作區。辦公室共有兩個房間，前面的房間有沙發和簡便廚房，後面的房間擺了兩張辦公桌。江添現在躺在沙發上，我若坐在他身邊好像怪怪的，所以去後面房間坐在精一的辦公椅上。說是辦公椅，其實只是摺疊式的鐵管椅，聽說是從二手商店買來的，兩個一千圓。

「酬勞明天就會匯進來，還包括了照顧這傢伙的費用，給得比原來講好的更多。他們花大錢買狗，又花錢把狗送人，真搞不懂有錢人在想什麼。」

不只是有錢人，任何人的心思都很難了解吧。我一邊看著江添一直吃個不停的紅色果實，一邊這麼想。

「不要全部吃完喔。」

放在盤子裡的是我從眼珠島上摘回來的楊梅。精一很愛吃楊梅，所以我把整袋楊梅交給他，叫他覺得累的時候就吃一點。江添毫不客氣地大吃，想必是經過精一同意吧。

「這個很好吃耶。是什麼啊？」

「楊梅。」

「吉岡奉妳之命去了眼珠島，應該叫他順便摘一些回來才對。」

「我才沒有命令他。」

精一傍晚時受我之託前去眼珠島，現在應該辦完事情，還了小船，正要回辦公室吧。因為他遲遲未歸，雖是我要求他去的，我還是忍不住擔心。

業，深夜遊蕩，還被警察抓去輔導。也就是說，他變得像是害死他母親的人，像是不良少年。

知真停下腳步，肩膀繃緊，但脖子以上的部分彷彿是另一個生物，發出的語氣和先前沒有任何不同。

「我想要做正確的事。」

就算過了十三年，我還是清楚記得他那照本宣科般的平板語氣。

「因為光是活著根本沒有意義。」

（六）

我在八點前終於完成工作，然後去了「寵物偵探・江添&吉岡」的辦公室。精一不在這裡，辦公室裡只有江添和盧克……不，牠已經不叫盧克了。

「你真的要養這隻狗嗎？」

「只是先照顧一陣子，直到牠有了新主人。對吧，『狗』？」

江添依然穿著皺巴巴的T恤和牛仔褲，邋遢地躺在沙發上喝著罐裝啤酒，被取名為盧克只有短短幾天、如今改名為「狗」的小尋血獵犬正趴在他的肚子上，牠看起來很放鬆，攀在江添的身上睡覺。

「委託人有乖乖付錢嗎？」

「無知之知。」

我想了幾秒鐘，才想通他這句話是什麼意思。我記得大學的通識課教過，這句話的意思是「發覺自己什麼都不懂」，大概是說要先察覺自己的無知，才能得到真正的智慧吧。

「這個名字是我媽媽取的，她希望我就算讀了很多書，得到了很高的地位，也不要驕傲，要追求真正重要的事物。我媽媽以前做過哲學書籍，不是自己寫，而是製作。聽父親說，她在成為全職主婦之前是在出版哲學書籍的公司工作。」

知真稱母親為「媽媽」，卻稱父親為「父親」。這種差別是出自怎樣的心態呢？我還在思索時，他已經轉身走向校門了。

「飯沼，你明明有個這麼好的名字，難道要放棄學業嗎？」

我追到了校門邊。我們教師也要穿室內鞋，其實我不該穿著室內鞋跑到校舍外，而我之所以敢違反規定，是為了自己心中的「老師」形象。

「我很早以前就放棄了。」

「你變成不良少年了嗎？」

我雖然有些猶豫，還是說出了這句話。

「你不可能想要變成那種人吧？」

聽新聞老師說話的時候，我也是這麼想的。知真的母親是被年輕人騎機車撞死的，是被不讀書也不工作、到處玩耍的年輕人撞死的，知真因此自暴自棄，荒廢學

「所以我家什麼都有，譬如橡皮艇。錢是很好用的。」

他既不是炫耀，也不是自嘲，彷彿是在談論別人的事。原來如此，難怪新聞老師會那麼頭痛。

我們走下樓梯，來到校舍門口，知真從鞋櫃拿出來的運動鞋上沾著紅黑色的斑點，大概是昨天那些楊梅弄的吧，白色網狀的部分全都變色了。植物的汁液很難洗淨，真是可惜了這雙昂貴的鞋子。至於我為什麼知道鞋子的價格呢？這是因為我和精一去逛街購物時，他也打算買這個品牌的鞋子，後來還是放棄了。

「你的名字『知真』讀作『kazuma』，很稀奇耶。」

貼在鞋櫃上的名牌是學生自己用麥克筆寫的。我在改考卷時總是覺得知真的字跡很成熟、很好看。

「也沒那麼稀奇吧。」

知真換鞋子時沒有半點多餘的動作，就像機械一般。對方反應如此冷淡，讓我不知該如何是好。我找不到適合的話題，但還是問了我能想到的最後一句話。

「你的名字有什麼含意？」

知真突然停止了動作。

「蘇格拉底。」

「啊？」

他轉過頭來，第一次直視我的眼睛。

室，裡面沒有其他人。

「只是來看看。」

知真一邊說，一邊經過我的身旁。

「飯沼，你一年級時參加過生物社嗎？」

看來很快就能完成新聞老師拜託我的事了。我顧不得準備顯微鏡，追上了知真，走在他身邊。

「你理科成績那麼好，升上高中後也可以繼續參加這類社團啊。」

「我不確定自己會不會上高中。」

「為什麼？」

知真沒有回答，繼續默默地走向樓梯。他的走路方式很獨特，走路時肩膀不會搖擺，掛在肩上的書包也完全不會晃動。

「昨天你去那種地方做什麼啊？就是在小島上。」

「沒什麼，只是想去看看。」

從他的語氣聽來，他當時應該有發現我，卻故意不理我。

「那艘橡皮艇是你家的嗎？」

知真點頭，但他沒有轉頭看我。

「聽說你的父親是醫生？」

我搭話的方式是不是太煩人了？這是我第一次嘗試，所以不知道該怎麼拿捏。

我一邊穿越人群一邊找尋他，但是沒有找到。到了教室，裡面只剩新聞老師和幾位學生，沒有看到知真。

我無奈地回到教職員室處理放學後的工作，為了製作歐姆定律的解說圖，我把全開書面紙鋪在工作桌上，但是過程不太順利，花了很多時間才做完，這時教職員室的時鐘已經指向六點。好啦，接下來要做什麼呢？明天的第一堂課要跟國一生講解花朵的構造，我們可以去摘校園裡的牽牛花，讓每個小組用鑷子分解，把各個部分放在顯微鏡下觀察……想到這裡，我才記起了一件事。

上週五在另一堂課使用顯微鏡時，有兩臺的旋鈕轉不動，必須在今天之內修好，或是另外再準備兩臺。而且……對了，明天放學以後教生物社的學生做草木染吧，也得先檢查一下用來搾取花朵汁液的搾汁器能否正常運作。

我把紙張捲起，套上橡皮筋，離開教職員室，爬樓梯到二樓，正想拉開理科教室的門，門卻自己滑開了。

「咦……」

出現在我眼前的是飯沼知真。

他抓著門僵住不動，眼睛沒有看我。

「你在這裡做什麼？」

放化學藥劑的櫃子有上鎖，所以學生可以自由進出，但是除了生物社的活動以外，從來沒有學生會在放學後來到理科教室。我不經意地從矮小的知真頭上掃視教

「飯沼的父親是怎麼說的？」

「聽說飯沼在家裡幾乎不說話，只把自己關在房間裡，他父親根本沒辦法跟他交談。他在國一家長會談時明明說過想要成為像父親一樣的醫生，父親在一旁也聽得很高興呢。」

教職員室的人們紛紛移動椅子，新間老師抬手看看手錶。不知不覺已經到了要去上第五堂課的時間了。

「真鍋老師，如果有機會的話，妳可以去跟他談談嗎？」

「我跟他談？」

「雖然妳跟他年齡不算近，至少不像我差這麼遠，而且妳教的是他最喜歡的理科，或許他對妳會比較不一樣吧。」

這還是第一次有老師來拜託我幫忙。

「真鍋老師是生物社的顧問吧？」

「是的。」

「飯沼一年級時也參加過生物社，但是母親出事後他就退社了。」

（五）

班會時間結束後，我立刻走向飯沼知真的班級。走廊上都是提著書包的學生，

「我當然問過他，但他堅持不肯說跟他在一起的是什麼人。我連那些人是不是我們學校的學生都不確定。那孩子的情況有些複雜，所以我也不知道該怎麼指導他。」

「怎樣的情況？」

「就像我剛才說的，『發生了很多事』。」

新間老師說知真的母親在他升上三年級之前過世了。

「她發生交通事故，被兩人乘坐的機車撞到。駕駛人和被載的都是十六歲少年……他們不是我們學校的畢業生，聽說他們國中畢業後沒有讀高中，每晚都在街上遊蕩。他們騎機車到處逛時，在灣岸那條路撞到了正要過馬路的飯沼母親。」

我還記得那件新聞。當時我正在準備隔年任職國中老師，所以印象很深。

「她被送到飯沼父親工作的醫院，結果來不及救治。」

「飯沼的父親是醫生嗎？」

「是啊，他是急診醫生……應該很少待在家裡吧。」

知真是因為這樣才會在深夜遊蕩？

「身為老師應該要好好處理這個情況，但是真的很不容易。飯沼的成績除了理科以外都退步得很嚴重，所以我找他談過好幾次，也談過升學的問題，但他至今都不肯向我敞開心房。」

新間老師摸了摸深紅色領帶，露出了更年邁的人才會有的疲憊笑容。

「因為您剛剛的語氣聽起來……」

「喔，沒什麼啦。」

新間老師像是在遮掩什麼，他先看一看四周，才低聲說道：

「聽說他被警察輔導過。他上個月深夜遊蕩被警察看見，家人和學校都有收到通知，不過學校是隔天才收到的。但他至少沒有抽菸喝酒，聯絡校方只是為了慎重起見吧，因為他似乎跟一些不良少年廝混在一起。」

「他看起來不像壞孩子啊。」

話一說出口我才發覺不妙，我身為一位菜鳥教師被這所學校錄用之後，只要表現出一絲絲裝懂的態度，別人就會露出鄙夷的眼神和含蓄的笑容，並非全校十七位教師都是這樣，但也差不多是全部了。自從我公布結婚的消息以後，情況似乎變得更嚴重。

不過新間老師只是點點頭，嘆著氣回答「就是說啊」。

「三年級的學年會議討論過這件事，主任吩咐我們不要在全校教職員會議提起，不過這件事不算是祕密。」

「飯沼會跟不正經的人往來嗎？」

「我也不知道那些是什麼人。」

警察在深夜的街頭發現他們的時候，有幾個人逃走了，警察本來要去追，但知真跳出來阻擋，所以只有他一個人被抓到。

（四）

「妳說飯沼啊，他的成績到國一第三學期為止都很優秀。」

飯後的午休時間，我在教職員室和新聞老師談話。他是我在眼珠島看到的飯沼知真的級任導師，年近五十的資深英文老師。他的臉頰有明顯的凹陷，學生給他取了「骷髏」和「報紙」這兩個綽號。

「他的學力測驗在全縣也是名列前茅，但是升上國二以後發生了很多事，成績就退步了。」

「他的理科一向考滿分，我還以為他的其他科目也很好。」

理科是我在打分數的，我當然知道學生的程度如何，但是除了我當導師的班級以外，我沒有看過學生的成績單。飯沼知真的理科成績一直都是滿分五分，他寫考卷沒有錯過任何一題，甚至會在申論題寫出連我都不知道的知識。

「是啊，他的理科確實很強，一定是對理科很有興趣……怎麼了，飯沼惹了什麼麻煩嗎？」

新聞老師盯著我的臉，像是在窺探什麼。

「我昨天正巧遇見他，所以隨口問問。呃，他是會惹麻煩的學生嗎？」

「啊？」

磅！的一聲，旁邊傳來巨響。江添的右手重重地搥在櫃檯上。他把「汪喵卡」移到自己面前，從太太手中搶走原子筆，在寵物名字的欄位裡寫了個「狗」字。

「你們知道自己有多幸運嗎……」

他的聲音憤怒得顫抖。

「尋血獵犬是很罕見的品種……日本沒辦法繁殖……就算從國外進口，狗送來的時候多半已經出生超過一年，得費很多工夫才能讓狗適應新環境。可是你們遇見了才出生三個月的幼犬，而且還那麼聰明、那麼乖巧。你們知道自己有多幸運嗎？」

先生只說了「我知……」就被江添打斷。

「你不知道。你們根本不明白自己有多幸運，所以才會輕率地用外遇對象的名字幫狗取名，發現這件事就把狗丟到島上，改變主意就叫人把狗帶回來。像你們這種人才沒資格給狗取名字，在你們洗心革面之前，那傢伙都叫『狗』，聰明乖巧又可愛的『狗』。別說是幫狗取名了，現在的你們就連養狗的資格都沒有。這麼貴重又可愛的小狗……還是讓我帶走比較好。」

委託人夫妻都沉默不語，過了幾十秒，他們似乎達成了無言的共識，一起抬起頭來。聽到先生開口時，我心想：既然他們不用說話就能溝通，今後應該可以相處得很好吧。

「……那狗就送給你了。」

太太低著頭靜靜地說道，精一睜大眼睛，死命地搖頭。那位太太當然不是在問精一，她抬起頭，滿臉怒容地瞪著丈夫。

「是你把盧克丟在島上？」

我也是這麼想的。

一定是先生偷看了太太的手機，發現她和名叫盧克的外國人搞外遇，甚至給剛買回來的狗取了外遇對象的名字。先生或許是出自憤怒，又或許是出自嫉妒，說不定兩者皆有，總之兩天前的傍晚太太在廚房煮飯時，他從公司偷偷溜回家，從窗戶把睡在客廳裡的狗帶出去，丟到了眼珠島。他委託精一和江添去找狗，只是為了表示自己也很擔心，其實他根本確信那兩人找不到盧克。

「因為妳哭個不停……所以我才會把地點告訴他們，讓他們把狗帶回來。」

今天早上先生打電話給精一說認識的漁夫看到狗，當然是騙人的。他本想把取了可惡名字的狗偷偷扔到島上，但妻子受到的打擊超乎他的想像，所以他決定把狗找回來，於是打電話給業者告知狗的位置。至於名字的問題，只要隨便找個理由幫狗改名就好了。他一定是這樣想吧。

「你怎麼可以……做出那麼過分的事？」

「是誰比較過分啊？」

「你簡直不是人！」

「妳才是禽獸咧！」

聲吼道：

「我才要問妳想怎樣啦！」

先生丟出了老套的臺詞之後，像被什麼附身似地開始咆哮。他原本一定是個很理智的人，雖然在咆哮，說起話來還是口齒清晰，脈絡分明到誇張的地步，我們在短短一分鐘內就聽出了太太瞞著先生搞外遇，對象是名叫盧克的外國人，先生三天前才發現這件事。

「我才沒有……」

「妳說幾點約在某某地方、剛才真是太 amazing 了，又是什麼意思！」

「這個……咦！你偷看了我的手機嗎？」

「是妳再三保證絕對不會再犯，我才……」

此時先生終於想起我們還在旁邊。不，除了我們以外，候診處還有五個帶著寵物的客人，他們全都坐在長椅上睜大眼睛看著這邊，他們腳邊籠子裡的貓狗也都豎起了耳朵。

「不好意思……寵物都嚇到了喔。」

坐在櫃檯裡的女職員低聲說道，向她道歉的人卻是精一。然後他指著那張「汪喵卡」，戰戰兢兢地轉頭向委託人夫妻說：

「先把名字寫完吧……」

「是你綁架了盧克嗎？」

精一像是打圓場地說道，於是我們五人一起走進診所，在一樓櫃檯前說明事情經過，此時正好有位獸醫有空，盧克隨即被帶進後方的診療室。

「請先填一下資料。」

負責接待的女職員把原子筆和一張紙卡放在櫃檯上。那是一張名片大小的紙張，上面寫著「汪喵卡」，大概是掛號證吧。有四個欄位需要填寫，包括飼主姓名、電話號碼、寵物種類，以及寵物的名字。

「我來寫吧。」

激動心情尚未平復的太太拿起原子筆，用孩子般的渾圓字體從上而下照順序填寫，可是她只填完三欄，先前一直保持沉默的先生就伸手按住紙卡。

「換個名字吧。」

所有人都愕然地望向丈夫。

「那隻狗或許是討厭這個名字才跑掉的。」

「討厭名字才跑掉……怎麼可能嘛？」

「說不定真的是這樣。為了避免再發生一樣的事，還是改掉吧，包括名字在內，全都改掉吧。」

妻子的眼中迅速閃過一絲情緒，接著整張臉都僵硬了。

「你……到底想怎樣？」

接下來發生的事讓所有人都嚇到了。先生結巴地說著「我、我、我」，然後大聽江添說，他是在小島北側找到盧克的，和他最初預測的一樣。他找到盧克的時候，牠正害怕地躲在一棵大樹下。其實江添只花三十分鐘就找到了，但是盧克看到有人走近就驚恐地逃走，江添得先讓牠平靜下來，所以又花了三十分鐘。江添告訴我們這些事的時候，全身上下沾滿了泥土和落葉，真不知道他是用什麼方法讓盧克平靜下來的。

眼珠島收不到手機訊號，所以精一回到漁港的船塢之後才能通知委託人找到盧克了。那位太太接到電話就驚喜地發出歡呼，大聲到連我都聽得見。

——我們立刻去府上拜訪。

精一臉上掛著完成第一份工作的滿足感說道，但我建議先帶盧克去動物醫院比較好。我覺得自己太多管閒事，但又不禁擔心，因為盧克一直在江添的懷裡發抖，不知是怎麼了。畢竟牠在島上待了很久，或許是一晚，或許是兩晚，我很擔心牠的健康情況，說不定生病了。

後來精一和委託人約在菅谷寵物診所。我們坐上精一停在漁港的輕型車，到達診所時，委託人的白色BMW已經在停車場等著了。

那位太太一看到愛犬回來，立刻哭喪著臉衝下車，伸出雙手靠近盧克，但盧克卻害怕地緊攀在江添的懷中，彷彿接近牠的是不認識的陌生人。盧克才剛養不久，大概還記不住飼主吧。

——先帶盧克去看醫生吧。

背包。我知道他是國中生，因為他是我們學校的學生，三年級的飯沼知真。他在理科考試經常考滿分，所以我馬上想起了他的名字。

我繼續站在原地觀望，看見他把銀色的東西放到橡皮艇上。我只瞄到一眼，那好像是一把小鏟子。

「飯沼。」

我向知真喊道，但他依然推著小艇，接著坐上去。他沒聽到我的聲音嗎？還是聽到了卻故意不理我？他用不熟稔的動作划著槳漸行漸遠，划到小島後方，消失了蹤影。

我轉身回到樹叢裡，走向知真剛才所在的地方，我的目光很快就被某塊地面吸引。那塊區域直徑不到一公尺，唯獨那邊沒有雜草，只有一片不平整的黑土，像是埋了什麼東西。旁邊長了一些繖形科的植物，綻放著小小的白花。

（三）

到了下午，我們在菅谷寵物診所的櫃檯前。

這是位於城市東北側的兩層樓動物醫院。

江添後來順利找到了失蹤的盧克，我和精一吃著楊梅等待時，看到他抱著盧克走回來，從我們來到島上大約過了一個小時。

如果帶學生來這座島，必定能度過一段比我想像得更充實、更有意義的時光。不只是生物社的活動，就連理科課也能來這裡辦校外教學，我要對學生講解植物的相關知識，順便教他們哪些果實和草葉可以吃，還可以在家政教室烹煮摘回去的食材，到時學生一定會對我刮目相看的。

我和幻想中的學生們一起摘楊梅，光靠指尖輕輕一轉，果實就落在我的手心。我聞到一股嗆鼻的味道，那是掉在地上的果實發出的味道。在這味道的觸發下，我想到還可以跟學生分享發酵的過程，以及釀酒的方法。我低頭望向青草之間，發現有些軟爛的東西，看起來像鮮紅的果醬，爬在上面的麗蠅似乎察覺到我的存在，厭煩地飛走了。我湊近一看，那些果實顯然是被鞋子踩爛的，流出的鮮紅汁液還沒乾。

剛才果然有人在這裡。

我起身走向樹叢深處，運動鞋踩斷了小樹枝，但我只感覺到斷裂的觸感，聽不到聲音。最後我來到島的另一側，眼前是一片純白閃耀的海洋，陽光像錐子刺痛了眼睛。

我抬手遮陽，左右張望，這裡和我們登陸的地方一樣是沙岸，左邊有個橢圓形的黃色物體，是游泳圈嗎？不對，是橡皮艇。陽光太刺眼了，讓我沒辦法判斷距離。

就在此時，有個國中生從小艇旁邊的草叢鑽出來，他穿著T恤和馬褲，背著大

所說的「能力」嗎？剛才的事是不是因為他不高興我比他更早發現草叢的動靜，才不甘心地那樣說呢？精一聽江添說過他是怎麼得到「類似超能力的東西」，而我還不知道。我問過精一，他說聽江添自己講比較有趣，但我到現在還沒去問。

「不知道狗躲在哪裡……但牠確實在這裡。」

聽到江添的話，精一握緊拳頭。看他那得意的神色，彷彿已經找到了盧克。

「那我去找找看，吉岡在這裡等著，如果嚇到牠就糟了。」

江添沒有對我說什麼，起身走進右邊的草叢，那消瘦的背影很快就被草木遮蔽了。

「我有點在意剛才的動靜，我想過去看看。」

我本以為精一會跟我一起去，但他很聽江添的話，堅持留在原地，我只好獨自一人走向剛才晃動過的左方草叢。

走在枝葉下方，感覺沒先前那麼熱了。樹冠篩下的陽光點點灑在草上。我認得出的樹木有全緣冬青、楊梅、日本石櫟、日本黑松，這些樹種全都比城市裡的樹更耐海風。楊梅的紅色果實大部分都掉在地上，還留在枝頭的已經熟透，看起來很好吃。

我走到楊梅樹下，從背包裡拿出塑膠袋。我如果要去植物很多的地方一定會事先準備塑膠袋，不只可以摘果實，還能摘明日葉、附地菜、無翅豬毛菜、馬齒莧，每個季節都找得到能吃的植物。

「這樣找得到嗎？」

我第一次踏上眼珠島，發現植物比我想像得更茂盛。

這座島和體育館差不多大，但島上長滿鬱鬱蒼蒼的樹木，縱橫交錯的樹枝下也長滿了和人一樣高的茂密青草，除非距離很近，否則就算有隻狗走過去也看不出來，如果狗趴著不動就更難發現了。更不妙的是油蟬的鳴叫聲越來越響亮，整座島吵得像是快要沸騰。

「啊……」

前方左邊的青草微微晃動。

「喂，你們看那邊……」

「不是狗。」

江添看都沒看就這麼說。

「你怎麼知道？」

「聲音。」

「我才沒聽到什麼聲音咧。說不定是狗。」

「大概是釣客吧。」

我本來還想說什麼，但精一面露苦笑地制止了我。

「妳就聽江添的吧。」

江添彷彿沒有聽到我們的對話，逕自蹲下來觀察前方的草木。他真的擁有精一太太慌張地去院子尋找，卻沒有找到盧克，在家附近搜尋也沒發現。晚上先生回家後，她跟先生說了這件事，他提議請專業的人去搜尋。這天他們家的信箱正好收到了精一分發的「寵物偵探・江添&吉岡」傳單，太太便打電話來委託。

看到第一份工作上門了，精一和江添都很高興，他們藏起喜悅的神情登門拜訪，詢問詳情。前天晚上精一和江添已經開始在房子附近搜索，結果沒有找到。於是他們回辦公室，製作協尋的海報和傳單，整晚都沒有闔過眼，天一亮就正式展開搜尋。

昨天一整天，精一都在到處貼海報、發傳單，江添則是靠著雙腳到處找尋，但是直到三更半夜都沒有任何收穫。精一精疲力竭地回到我的公寓，把我們本來要一起吃的奶汁白醬燉菜重新加熱，一邊吃一邊跟我分享第一份工作的情況。

他們兩人今天本來打算延續昨天的工作模式，但是精一早上正要從我的住處前往辦公室，委託人的先生卻打電話來，說認識的漁夫通知他在眼珠島上看見了小狗，而且他問了那隻小狗的特徵，全都和盧克一致。

——怎麼會跑到無人島……喔喔，對啊，真是搞不懂。

在家裡失蹤的小狗為什麼會出現在眼珠島上？陸地到小島的距離可不是三個月大的小狗游得過去的。

理由就先不管了，總之精一立刻聯絡江添，跟他約在漁港的船塢。我聽了就說我也要去，所以我們三人一起來到了眼珠島……

（二）

「好，開始找吧。」

江添把拉到沙地上的小船繫在附近的樹上。

他們這次要找的狗是尋血獵犬（**Bloodhound**），那個血字聽起來有點可怕，聽說是指純正的血統。那是歐洲從很久以前就開始繁殖的古老純正品種，嗅覺十分敏銳，被譽為擁有魔法鼻子，起初是養來狩獵的，全身覆蓋短毛，有下垂的耳朵和下垂的臉頰。他們受委託找尋的狗是三個月大的幼犬，但尋血獵犬是大型犬，所以體型相當於成年的柴犬。

打電話來委託尋狗的是三十出頭的全職主婦，住在海灣北側的高級住宅區，剛結婚一年左右，住的卻是新蓋的豪華獨棟房子，大概是先生收入很高吧。這對夫妻不久之前才透過進口商買了尋血獵犬的幼犬，但是只養了幾天，狗就失蹤了。那是一隻才剛由太太取名為盧克的褐色小公狗。

我聽精一說，盧克失蹤的經過是這樣的：

前天傍晚，盧克趴在沙發上打盹，太太去廚房準備晚餐。當時客廳的落地窗稍微開了一條縫來通風，太太過一陣子回來看，卻發現那條縫隙變大了，而且到處都找不到盧克。她原本以為小狗推不動沉重的落地窗，但事實似乎不是如此。

——如果精一失敗了，我就負責養他吧。

這次輪到我來包容他的決定了。我只當了一年多老師，但收入很穩定，就算精一的生意搞砸，也不至於活不下去。再說，江添既是精一選擇的合夥人，應該可以信任。當時我還沒見過江添，我想像他是個西裝筆挺、看起來很精明的男性。幾天後精一介紹我們認識，我才發現他本人跟我想像得完全不一樣，胸口幾乎被不安的情緒漲破，但是已經太遲了。

沒過多久，他們在本市的老舊大樓租了一間辦公室，開始經營「寵物偵探・江添&吉岡」。那是我們提出結婚申請前陣子的事，讓我得以避免和無業遊民結婚，但那時只是開始營業，現在才是第一次接到工作。

我還沒把這件事告訴父母。肥料公司倒閉時，我本想等精一找到新工作之後再告訴他們，因為我爸爸是在電力大公司上班，媽媽每天做五天兼職，他們兩人都認為穩定的人生才會幸福，如果讓他們知道精一失業了，或許會反對我們結婚。可是後來精一突然說要做寵物偵探，很快就開始營業，所以我的父母到現在還以為精一依然在肥料公司上班。我該什麼時候跟他們說呢？婚宴預定在明年七夕舉行。

「話說回來，第一份工作竟然就是『這個』，真是前途堪慮啊。」

江添揚起嘴角說道，他沒看著精一，而是看著我。眼珠島就在不遠處，樹叢中的油蟬發出響亮的鳴叫。

一歲，不知道要怎麼跟他相處，正當他感到孤單寂寞時，江添卻滿不在乎地主動找他攀談。

——即使是和我同齡的人也沒有像他那麼囂張的。

他們高中畢業後一直沒有見面，直到三個月前才再次相遇，聽說是在超市的折扣區偶然遇見的。那時精一正因公司倒閉而不知所措，而江添則是過了五年多的打工生活，兩人小聊片刻後，就買了便宜食材去江添的住處一起煎大阪燒來吃。吃完第二塊大阪燒後，他們聊到了創業找尋走失寵物的事。

——我在高中時聽過，那傢伙有一種特殊能力。

聽說江添有辦法「預測動物的行動」。

——在日本有很多人養寵物，只算貓狗就已經相當於全國中學生人數的六倍，既然有這麼多寵物，從家裡偷跑出去或是在散步時走丟而失蹤的寵物想必也很多。有一種職業專門在找尋這些走失的寵物，我查了一下，找回寵物的機率頂多只有百分之六十，但是那傢伙說他找回寵物的機率還要更高。

——是他自己說的嗎……

精一竟然只因為這樣就跟他合作創業，真是嚇到我了。

——反正這個工作不需要多少本錢，人生只有一次，我想試著挑戰看看。

猶豫良久之後，我還是贊成了。我會支持精一的決定，多少也是因為他決定跟著我回故鄉，讓我有些內疚。

——我明白了。

我還以為我們會就此分手，結果我猜錯了。精一放棄了先前的求職目標，轉而找尋故鄉的職缺，沒過多久他就在一間大約有二十名員工的肥料公司找到工作，大學一畢業就回到老家，開始通勤上班。

精一的心情一定和小時候的我一樣，我是因爸爸調職而不得不放棄眼珠島探險計畫，但他是自己決定為了我而改變生涯規劃，這令我十分內疚，同時也非常感激。大約半年前，精一結結巴巴地向我求婚時，我心想跟這個人在一起絕對不會有問題，於是毫不遲疑地答應了。那時我當然沒想到精一工作的肥料公司隔月就倒閉了，更沒想到他後來會當起「寵物偵探」找尋失蹤寵物，而且是跟江添這種粗鄙低俗、態度囂張的男人搭檔。

「喂，吉岡，狗出現在哪一帶啊？」

「不知道，但那個人說很清楚地看到牠。」

「什麼嘛。你怎麼不問詳細一點？」

江添跟精一說話時總是這麼沒禮貌，其實他比精一還小一歲。他們是高中同學，但年齡不同，這是因為精一在高二時留級一年。

精一得過一種名為「腦脊髓液減少症」的疾病，現在已經痊癒了。那種病不會危及性命，但每天都會頭痛、目眩、耳鳴，常常沒辦法上學，導致他高二那年出席時數不足。後來他經過治療，症狀得到改善，所以回去重讀高二，但同學都比他小

「我在生物社擔任顧問老師，我打算下次帶社員去島上採集植物。」

這並不是說謊。

「聽說之前的顧問老師帶學生去過好幾次。」

「妳要去勘查場地？」

「是的。」

「島上連廁所都沒有喔。」

看到我默默點頭，精一滿頭大汗地朝著我笑。

「反正我也想讓利香看到我第一份工作成功的那一刻，所以這樣正好。未婚夫突然做起這種工作，她一定很擔心吧。」

我和精一是在東京讀大學時認識的。我們在大學裡的採集植物社團ＳＣＳ相遇，因為來自一樣的故鄉，所以剛認識就很聊得來。我們一邊摸索彼此的心情，一邊慢慢拉近距離，不過我們都沒交過男女朋友，所以認識了一年才開始交往。

我大三的時候和精一聊到自己打算回故鄉找工作，他婉轉地表示不贊成，因為他想在東京的公司上班，求職時也都是專注於這個目標。但我即使在都市住了超過十年，還是沒辦法喜歡這個環境，而且我聽說在老家那邊更容易找到想要的工作，我甚至可以清晰地想像出自己大學畢業後在故鄉學校裡工作的情景。

──那我們要談遠距離戀愛嗎？還是……

我有些自暴自棄地說道，話還沒說完，精一就點頭回答：

中間有一座小小的島嶼，看起來就像向右游的魚兒的眼睛。雖是無人島，卻不像漫畫裡的無人島只有一棵椰子樹，而是長滿了翠綠的草木。

「好，再努力一下！」

精一再次划起槳。江添還是拿著望遠鏡，悠哉地在船尾回頭看。

我在小學時代想過要去眼珠島。當時有男生跟父母一起去船塢租借手划的小船到島上探險，而女生只會在聊起這種話題的時候負責讚美「好棒喔」，但我不喜歡這樣，所以我決定在五年級的暑假自己划船去島上。我打算請父母幫我借船，但不是像班上的男同學和父母一起去，我只想讓父母在岸邊送我，然後自己一人划船過去。我鬥志昂揚地計畫要在島上找到很多沒人認識的植物，在班上大肆炫耀。可是暑假將近時，爸爸卻收到調職的命令，我們一家三口得搬去東京了，看到父母忙著準備搬家，我說不出要去眼珠島的事，只能拋下計畫而離開。走出空蕩蕩的房子坐上車時，我還怒地用力關上車門，還因此被爸爸罵。

我一直到大學畢業都和父母住在東京，一年三個月前才回到故鄉就職，在鎮上的中學當了老師。

我沒有想過第一次去眼珠島會是這種情況，但心中還是非常雀躍。如果沒有江添就更愉快了，但我是因為他們的工作才能跟著一起去，所以也無可奈何。

「對了，妳為什麼要跟來啊？」

江添放下望遠鏡，看著我問道。

是在開玩笑，但我卻當真了，一上理科課就特別認真學習，所以理科成了我的拿手科目，藤澤老師會在講臺上誇獎我的優秀表現，下課時間還會有同學跑來找我問問題。當時我還不知道「飄飄然」一詞，但那時的我想必就是這種心情。我開始夢想有朝一日當上老師，每天在學生的信賴之中工作，看到校園題材的連續劇時，我都會把劇中和學生真誠溝通的老師想像成將來的自己。

那時我並不知道，要讓學生敞開心房還得靠人格魅力。

我當老師一年多了，現在的我對學生來說只是教他們理科的人。或許也因為我太緊張吧，我每天都清楚感覺到學生對我緊閉心門。這種生活真是讓人焦躁不已，如同在電影預告看過很多次的精采場面在正式上映時卻遲遲不出現。

「還差一點……」

精一用渾圓的手腕推了推眼鏡，回頭望向小島。他的白T恤被汗水浸溼貼在身上，看起來好像什麼都沒穿。

「要換我划嗎？」

「不用不用，這可是我們的第一份工作。」

我們的目的地是和學校體育館一樣小的無人島。這個島鐵定不會出現在日本地圖上，只會出現在這個城市的地圖上，它沒有名字，只有俗稱，而且不同年齡層還有不同的稱呼，老一輩的人叫它「魚眼睛」，我們這一輩的人叫它「眼珠島」，而學生們只是簡單地叫它「小島」。從地圖來看，城市西側的海灣形成「つ」字形，望遠鏡轉身眺望，他是精一高中時代的同學，也是現在的工作夥伴，身材和精一相反，瘦得簡直像是影響失調。

我不喜歡江添這個男人，至少此時還不喜歡。他的語氣和態度非常傲慢無禮，穿著褪色的T恤、髒兮兮的牛仔褲，頭髮總是亂糟糟的，每次他那雙三白眼從長長的瀏海下望向我，我都覺得好像被某種未知生物盯著看。我沒有資格批評別人的外貌，但他既然是我丈夫的合夥人，我應該至少有資格討厭他吧。

「還好妳和吉岡結婚了。」

江添沒有移開臉上的望遠鏡，笑得很惹人厭。

「妳本來的姓氏太自以為是了。」

我結婚前的名字是真鍋利香，我也不知道國中的理科老師叫這種名字適不適合。當然，不用等到江添評論，資深教員和學生們早就談論過我的名字無數次了，還會拿來開玩笑。（註1）

「我在職場還是用原本的姓氏，因為改名手續很麻煩，而且我覺得用這名字跟學生相處的好處多過壞處。」

仔細想想，我會當老師也是因為這個名字。

小學三年級時，班導藤澤老師對我說「妳將來一定要當理科老師」。這話當然

註1　在日文中，「真鍋」和「給我去學習」同音，「利香」和「理科」同音。

為了每月一次的記帳，我在雨中走著。

我進入空無一人的提款機區，從手提包裡拿出存摺。像我這樣快四十歲還在使用紙本存摺的人或許不多了，現在的人應該都是使用網路銀行吧。

皺巴巴的存摺封面印著我的全名——吉岡利香。

名字到底有什麼意義呢？我看著用稜角分明字體印刷的四個字思索。雖說有些人會在婚後改姓，我自己也是，不過姓氏通常一輩子都不會改變，而且是在還沒有自我意識的時候由別人賦予的。

名字代表了取名者的「心思」和「期望」，而不是代表使用名字者的本質。名字本身並不重要，帶給人生重大影響的事物多半沒有名字。

我在十三年前喝下的毒液也沒有名字。

可是那毒液如今仍流淌在我的全身。

（一）

充滿七月氣氛的陽光毫不客氣地從天而降。

週日十點，我們三人搭著手划的小船前往浮在海灣中的小島。精一搖晃著最近剛長出來的贅肉，笨拙地划著船槳。我們在梅雨季裡登記結婚，至今還不到一個月，尚未開始同居，也沒有舉行結婚典禮。在我的另一側，江添正見坐在船尾拿著

沒有名字的毒液和花

不會下墜的魔球和鳥

有一套漫畫的主角是擁有棒球才能、名字只差一個字的雙胞胎。

一講到兄弟倆都打棒球，大人就會提起這部漫畫，但我和哥哥並不是雙胞胎，我們的棒球才能也很明顯地截然不同，而且我們的名字不只差一個字，一個叫英雄，一個叫普哉，而且漫畫裡的弟弟在故事的中途就死了，而我到現在還活著。

雖然還活著……

「你怎麼不去死？」

某天早上，我突然聽到這句話。

語氣陰沉，不帶任何感情。

之後五天我一直在思考。為什麼她會說出那種話？她到底在想什麼？到底打算做什麼？更重要的是，我當時只是很認真地在練習投球，為什麼會聽到「你怎麼不去死？」這麼殘酷的話？

（一）

週五早上，天氣晴朗。

投出的球撞上墊子，失去衝勁，咚的一聲掉在地面，咕嚕咕嚕滾了回來。我撿起滾回腳邊的球，再次投向墊子。啪！咚。咕嚕咕嚕。

「『白銀週』……這個名稱是誰想出來的啊？」

坐在堤防邊緣拿著釣竿的尼西基摩先生轉過頭來，或許是因為全白的短髮和滿是皺紋的黝黑臉孔，他看起來比實際年齡更蒼老。不過這只是我的想法，我根本不知道他幾歲，只覺得他應該到了我在現代社會課學到的「前期高齡者」的範圍。（註2）

「聽起來就像在說『老人週』。」

我隨便點個頭，把滾回來的球夾在食指和中指之間，用拇指和無名指撐在下方。這是哥哥教我的指叉球握法。會下墜的魔球。

啪！咚。咕嚕咕嚕。

「老哥很勤奮，弟弟也不差呢，一大早就跑來練球……喔！」

似乎有魚上鉤了，尼西基摩先生立刻拉起釣竿，但浮出水面的只有魚鉤，沒有魚。尼西基摩先生抓住釣線的尾端，整理一下魚鉤，又慢慢地投進海中。從海平線之後露出臉的太陽還很低，尼西基摩先生的影子延伸到堤防的底端。

「老哥已經高三了，應該退社了吧？」

「是啊，夏天就退了。」

當然，不只是我哥，所有高三生在兩個月前的夏季大賽之後都退社了，現在球隊裡只剩高二生和我們高一生。

註2　指六十五至七十四歲的老人。

我在今年春天剛成為棒球社的新社員，因為我是王牌選手小湊英雄的弟弟，所以教練和學長們都對我滿懷期待，後援投手殿澤學長在社辦還會偷偷瞪著我看，可是我卻辜負了眾人的期望，反而滿足了殿澤學長的心願，如今我只是立志當投手的候補選手。不對，候補的意思是遞補欠缺的隊員，而我連候補都算不上。究竟要有多少人缺席才輪得到我上場比賽呢？高二社員有十人，高一社員有十五人，就算正規選手全都拉肚子，我鐵定還是要坐冷板凳。

「小哥的老哥說過夏季大賽一定要打進甲子園呢。」

尼西基摩先生都叫我「小哥」，叫我哥「老哥」，真是夾雜不清。

「那可是甲子園呢，真厲害。這個目標真厲害。本市從來沒有隊伍打進甲子園，他竟敢發出這種豪語，真是初生之犢不畏虎。」

「他的確只差一步就打進甲子園了。」

尼西基摩先生聽到我這麼說就驚訝地張大嘴巴，很像某個遙遠國家拿著長矛的人民所戴的木頭面具。

「……真的嗎？」

「是啊，已經打進分區大賽了。」

啪！咚。咕嚕咕嚕。

「如果再贏就能進甲子園嗎？」

如同英雄這個名字，我哥哥確實是帶領這個冷門城市的冷門高中球隊走到甲子園門口的英雄，任何一個有在關注高中棒球賽的人都知道他這號人物。他在高二夏天連後援投手都還沒當上，但是秋天得到指叉球這項有力武器之後，他就經常把人三振出局，還贏過了同年級的殿澤學長，升格成王牌選手。雖然球隊的打擊率還是一樣委靡不振，因為對手幾乎無法得分，只要能拿到一分就差不多等於贏了。有一次甚至是靠著壞球和觸身球拿到一分，防守時沒讓對手擊出任何一球而獲勝。今年有很多新社員加入也是因為我哥哥的精采表現，所以大家都想成為投手。現在我唯一能站上投手丘的機會只有練習結束後整理場地的時候，兄弟程度相差之大連我自己都不敢置信。

是說普哉這個名字也不怎麼樣，和英雄相比，這名字怎麼看都不太可能成功。我有一次在電視上看到一位名字裡有「晉」字而非「普」字（註3）的藝人分享自己取名的由來，他父親希望他成為特別的人，所以才取了這個「晉」字。我爸爸難道沒有這種想法嗎？我聽父母說過我出生那天的事，但話題的焦點還是在我哥哥身上，因為哥哥看到嬰兒時期的我張開嘴巴，以為我的牙齒不見了，被嚇了一大跳。

「原來是這樣，輸在最後關頭真是太遺憾了。不過還是很厲害。沒想到在我出海的時候竟然發生了這種事，簡直像浦島太郎一樣。」（註4）

註3　「普哉」讀作shinya。把「普」讀成「晉」shin是極罕見的例子，通常會讀作hiro或fu。
註4　浦島太郎在龍宮一遊之後回到家鄉，發現已經過了好幾百年。

尼西基摩先生一直在遠洋漁船上捕鰹魚，兩三個月才會回來一次，他已經維持這種生活將近三十年了。我不知道他有沒有家人，只知道他經常獨自坐在堤防對著大海垂釣。這些事全是哥哥告訴我的，其實我二十分鐘前才第一次見到他。

哥哥以前都在這個漁港練習投球。

投指叉球會對手肘造成極大的負擔，所以下井教練囑咐過哥哥不要練得太勤，但哥哥只是假裝聽從，其實他每天都會跑來這裡晨練。若非如此，球隊鐵定打不進分區大賽。

漁港底端的大倉庫後方。這是哥哥找到的祕密練習場地，從海上看得見這裡，但是從馬路那邊看不見，就算下井教練從漁港旁邊經過也不會發現。哥哥行事非常周到，還先去問過漁業協會的人。那人正好也喜歡棒球，所以很爽快地就答應了，還說自己會負責去跟協會說明，叫他儘管使用。

哥哥是在自己偷偷開始晨練的第三天遇見尼西基摩先生的。前兩天他都是直接向倉庫牆壁投球，但他擔心硬球會打壞水泥，每投幾球就要走到牆壁前檢查，原本在堤防上一邊釣魚一邊看著他的尼西基摩先生突然站起來走掉了，沒過多久就帶著一張墊子回來。那是體育館裡常見的堅韌墊子，原本應該是白色的，除了運動以外不知道還有什麼用途。總之尼西基摩先生不知從哪弄來了那張神祕的墊子，說著「加上這個比較好」，把墊子靠在牆壁上。後來哥哥每天都對著這張墊子投球，如今輪到我在這裡投球。

尼西基摩這個姓氏很奇怪，哥哥也不知道他名字的漢字怎麼寫。他的鼻子比一般的日本人高，搞不好是外國人。

「那是指叉球嗎？」

「……你怎麼知道？」

老實說，我的指叉球根本不會下墜。

「因為老哥一直在練這種技巧。那種投法可以讓球在半途下墜，對吧？明明沒有翅膀卻能在空中轉彎，實在是太厲害了。老哥的球真的會下墜耶。」

「的確會下墜。」

哥哥一直在這裡練習投魔球，就像青春漫畫一樣，他把弱小的球隊帶到了甲子園的門前，而弟弟也效法哥哥，在相同時間相同地點持續練習「類指叉球」。我明明遵照哥哥教導的握法，模仿哥哥投球的動作，但怎麼投都投不出來，這算什麼魔球嘛，根本只是慢到不行的直球。

「老哥退社之後怎麼樣了？」

啪！咚。咕嚕咕嚕。

「他說過要進大學棒球隊。」

哥哥得到了下井教練的推薦，當然不可能選擇不去。

「這樣啊。哎呀，我昨天也退休了，所以想要做為參考。」

啪！咚。咕嚕咕嚕。

「你退休了啊？」

「嗯，我存了不少錢，以後都不出海也不會餓死。這樣啊，他要進大學棒球隊啊……不過我又沒有那種選項……該怎麼辦啊……」

尼西基摩先生煩惱地搔抓著短短的白髮，難道他真的想把高中生的選擇當成人生的參考嗎？

「喔，來了來了。」

尼西基摩先生以手遮陽，望向大海，一群海鷗在朝陽的光芒下飛向這邊。我在這裡投球時，海鷗都會聚集過來。

「小哥也會餵牠們麵包嗎？」

「是啊，姑且餵一餵。」

哥哥在這裡練習投球時，一定會在途中的便利商店買麵包當早餐，練習結束後一邊吃一邊餵海鷗。大概是因為這樣，海鷗才會聚集過來吧。我也都依照哥哥的習慣在便利商店買麵包，前天是金牌丹麥麵包，昨天是栗子糊奶油餡麵包，今天是濃醇醬汁炒麵麵包。海鷗飛了過來，在堤防上站成一列，等著我練習結束。我和哥哥穿的是相同的制服，海鷗或許以為我們是同一個人，牠們分辨不出我跟哥哥身高不同、長相不同、才能不同，也看不出我的指叉球會不會下墜。

啪！咚。咕嚕咕嚕。

我在等球滾回來的期間看了看自己的右手。水泡。水泡。磨損得斷斷續續的指紋。發紅的關節。我把手肘彎曲了又伸直，沒有任何異樣感。練習得還不夠。啪！咚。咕嚕咕嚕。在上學時間之前還能練多久呢？我為了看時間，摸了摸丟在地上的書包，拿出學校禁止攜帶的手機一看，八點四分。在倉庫後面換制服只需要一分鐘，所以我還有五分鐘……

「你怎麼不去死？」

有個聲音傳來。

我回頭望去，只看到尼西基摩先生。他一邊朝著大海垂釣，一邊訝異地望向右邊。看來不是我聽錯，剛才確實有人說話，但我並沒有看到人。尼西基摩先生看著的方向只有海鷗海鷗海鷗海鷗海鷗海……那是什麼？

「剛才是不是有女生在說話？」

「大概是那個。」

「啊？」

「那邊的海鷗……不是……呃，那個叫什麼啊？」

「哪個？」

我指著那隻奇妙的鳥，說「就是那個」。在堤防邊緣排成一列的海鷗之間有一隻全身灰色、只有眼睛周圍是白色，像是狸貓相反版本的陌生鳥兒，體型和海鷗差不多大小。

「那個叫……鸚哥嗎？」

「是鸚鵡吧？」
「是嗎？」
「你怎麼不去死？」
牠再次開口。
語氣陰沉又不帶感情。
我趕緊把手上的智慧手機切換成相機模式，拍下那隻鳥的特寫。拍完之後覺得還是錄影比較好，所以又切換成攝影機，還沒按下開始鍵，尼西基摩先生就猛然站起來。
「這傢伙搞什麼啊？說話真難聽。」
靠得較近的海鷗被嚇飛了，下一隻，接著下一隻，再下一隻，陸陸續續地飛走。牠們或許還想著吃麵包，所以沒有飛遠，而是在堤防四周盤旋。只有那隻奇妙的鳥鼓著灰色的翅膀一路飛遠，漸漸看不到了。
「昨天不是發生了凶殺案嗎？就在那邊的住宅區。」
尼西基摩先生指著太陽的方向。我也知道這條新聞，聽說是這個和平的城市睽違五十年的凶殺案。在老舊住宅區的民宅裡，一對當老師的夫妻被銳器刺死，至今還沒抓到凶手。
「跟那件事會不會有關係？」
「不會吧。」

「我也覺得大概無關啦。」

（二）

隔天星期六的早晨，陰天。

現在是白銀週，不用上課，但還是有社團活動。集合時間是九點半，比平時的上課時間更晚，所以我幾乎有雙倍的時間練習投球。我在途中的便利商店買了三包特軟吐司，這是因為考慮到鳥的喜好。

「比起麵包，鳥應該更喜歡吃豆子之類的吧。」

尼西基摩先生照例在堤防邊緣握著釣竿。

「鴿子以外的鳥也吃豆子嗎？不過豆子只有春分才有在賣耶。」

啪！咚。咕嚕咕嚕。

「現在應該買得到花生吧。」

「那個太鹹了啦。」

在昨天那件事之後，我把那隻奇妙的鳥的照片上傳到社群網站，如實地寫道「努力練習投球時，卻有個傢伙叫我去死」，一下子就得到了很多回響，現在可能還在持續增加。

「海鷗平時吃的魚更鹹吧。」

「我要餵的不是海鷗啦。」

我又朝墊子投了一球，然後轉身面對堤防。

「尼西基摩先生，你有汽艇嗎？」

「……要幹麼？」

我老實地說我想跟蹤那隻鳥。

「那傢伙應該是從某戶人家跑出來的，牠那句『你怎麼不去死？』一定是養牠的女人說的話，連鳥都學起來了，她鐵定講過很多次。」

可見她一定常常對家裡的某人說這句話。

譬如小孩。

「所以呢？」

「這不是很讓人擔心嗎？我打算用麵包拖住那隻鳥，你趁機準備好汽艇，在牠飛走時跟上去，或許牠會回到飼主的家。」

「那根本用不著汽艇，只要把麵包放在籮筐下面，用木棒撐起籮筐的一邊……」

「把鳥抓起來有什麼用？我又不能問牠是從哪裡來的。」

「是嗎……」

尼西基摩先生摸了摸像胡椒鹽的鬍碴，他背後有架飛機發出轟隆隆的聲響飛過。這個城市附近沒有機場，卻時常有飛機經過，大概是正好位於歐洲航線吧。

「不管怎樣，反正我沒有汽艇啦。」

他先前的語氣講得好像他有汽艇似的，我不禁感到失望，握起棒球，轉向墊子，投出「類指叉球」。啪！……咦？……咚。

剛才那球好像下墜了。

當然比不上哥哥的指叉球下墜得那麼明顯，但是確實有一點下墜。我握住滾回來的球，再投一次。啪！咚。咕嚕咕嚕。沒有下墜。後來我又投了幾球，還是沒有下墜。

我彎了彎手肘，沒有任何異樣感。大概是還練得不夠吧。我撿起球，再次投出。只是比較慢的直球。再一球。再一球。像哥哥做過的一樣，一次又一次。我越投越覺得鼻腔發熱，所以繃緊咽喉，抬起下巴。這是我自己練出來的技巧，雖然不知道原理為何，但是只要這樣做，就能忍住淚水。

正當我暫時中斷練習時，海鷗的聲音傳來。我又投了幾球，然後轉頭望去，堤防一如既往地站滿了海鷗海鷗海鷗海鷗海……有了，那隻灰色的鳥又來了。

牠是從哪來的？

是誰養的？

「咦……」

尼西基摩先生去哪了？他原本所在的地方只剩下釣竿和水桶。我正覺得奇怪，右邊傳來了引擎聲。一艘汽艇迅速駛近，來勢洶洶地沿著堤防掠過。站在堤防邊緣的海鷗同時飛起，在空中盤旋，只有那隻灰色的鳥繼續飛遠。汽艇以順時針方向轉彎，濺起大量水花掉頭回來。握著操縱桿的是尼西基摩先生。他說自己沒有汽艇，原來是騙人的？

「再不上船就跟不上囉。」

（三）

我們站在一間大房子的門前。

這裡是海灣北側高地的住宅區，我們在碼頭下船後，大約走了三百公尺。

「……真的是這裡嗎？」

如果把我家比喻成橡皮擦，這棟氣派的兩層樓建築物就像是板擦。刻在門牌上的姓氏「永海 Nagami」也比我的姓氏小湊更氣派。大門裡面有條不知為何建得彎彎曲曲的小徑通往房子玄關，但又不是一定要沿著路走，就算直走也不會踩到外面，建成這樣大概只是為了好看吧。

「這年頭很難看到這種『返忍』了。」

尼西基摩先生一邊挖耳朵一邊仰望圍牆。牆上有一排黑色的金屬棒，形狀就像拉長的黑桃符號，他說的是那東西嗎？尼西基摩先生看出我的疑惑，就向我解釋那是用來阻止忍者入侵的，因此稱為「返忍」。雖然他這麼說，但我總覺得插在這一戶圍牆上的東西應該有個西式的名稱。

「……應該是這裡吧。」

我們又望向先前看著的地方。

白色圍牆裡有一棵不知種類的大樹，樹枝掛著幾顆小小圓圓的果實。那隻鳥正站在一根橫向伸出的粗樹枝上。疑似鸚鵡的灰色鳥兒……不對，仔細一看，牠並非遍體都是灰色，而是有著紅色的尾羽。

我們正在先前那條堤防的對岸。海灣在地圖上呈現「つ」字形，我們已經從「つ」的下緣移到上緣。尼西基摩先生的汽艇比一般用來稍微出去溜溜的小艇更豪華，駕駛座前還有大大的擋風玻璃。在追鳥兒的時候，尼西基摩先生炫耀說這艘汽艇如果用車子來比喻等於是跑車，開起來確實快到嚇人，感覺好像有時速兩百公里，但尼西基摩先生在半路上提到「認真起來可以開到八十公里」，所以兩百公里大概只是我的錯覺吧。

到了海灣北側，尼西基摩先生把汽艇停在碼頭時，我追丟了鳥兒的蹤跡，但尼西基摩先生看到了，他指著這棟房子說「飛到那一家的院子了」。

「……那我要回去了。」

「咦？」

「要把汽艇還回去。我說過只借三十分鐘。」

「這不是你的嗎？」

「我說過我沒有汽艇啊。我只是碰巧看到以前關照過的傢伙正在打掃汽艇，就拜託他借我用一下。」

「那我要怎麼回去……」

「又沒有遠到不能用走的。年輕人要多走路。」

「沒辦法啦。」

我拿出手機看時間，現在是八點十五分，我自己走回南側的漁港大概要花一個半小時，直接去學校也差不多要這麼久。

「來不及去社團嗎？」

「是啊，不只是社團……如果有時間，我還想再練習一下。」

「快下雨了，你兩邊都去不成了。」

「今天不會下雨啦。」

我出門前看過氣象預報，今天整天都是陰天，降雨機率只有百分之二十。

「你最好相信跑船的人說的話……喔？」

尼西基摩先生抬起目光，望向我的背後，眉毛挑高到幾乎伸進頭髮裡。我立刻感到後頸吹來一陣風，隨即有尖尖的東西陷入我的右肩。

「真的假的……」

那隻鳥飛到我的肩上。其實我嚇到不敢轉頭去看，但我知道一定是這樣。尼西基摩先生拍了一下自己的額頭，搖著消瘦的肩膀苦笑著說：

「雖然事情變得很有趣，但我還是得回去還汽艇。好啦，就這樣啦。」

他抬起一隻手，轉身離去。一起來的高中生遇上這種事，他怎能如此乾脆地走掉啊？我錯愕到說不出話，只能默默看著尼西基摩先生的背影，這時鳥喙在我耳邊發出喀喀的聲響。我繃緊全身，慢慢轉向右方，按了門柱上的門鈴。此時我穿著球衣，右肩依然站著灰色的鳥。

（四）

「……你有在打棒球嗎？」

千奈美小姐問了一看就知道答案的問題。

「是啊。」

「投手？」

「為什麼這麼問？」

「除了投手之外我只知道捕手，但我覺得你不像捕手。」

她雖然是在對我說話，聲音卻像疲憊的人在自言自語，每句話的語尾都像被拉出水面的海藻一樣無力地下垂。

被帶進來以後，我一直站在房間正中央，因為我不知道該坐在哪裡，也沒有人請我坐下。千奈美小姐穿著灰色的居家服，坐在距離我兩公尺、和書桌成對的旋轉椅上。那隻鳥已經在窗邊的金色鳥籠裡，在站棍上不斷敲響鳥喙。

幾分鐘前，我按下門鈴，對講機突然發出一聲「啊！」。對講機有攝影鏡頭，對方一定看到了停在我肩上的鳥。門立刻打開，一個女人從門後探出頭來。她似乎比我媽媽年輕一點，睜得渾圓的雙眼注視著我，默默招手，不像是在叫我「來這裡」，而是「快一點」。我一進去，她就趕緊關上門。

——哎呀，小陸，你回來了！

她不但聲音拔尖，雙手還在圍裙前拍動，鳥沒有被她嚇到，依然靜靜地站在我的肩上。她為「小陸」的歸來高聲呼喊好一陣子，才望向我的臉，彷彿突然想到我還在這裡。話雖如此，她只是用「？」的表情默默看著我，我只好主動解釋事情經過。所謂的「大略」指的是說出來的部分，還是省略掉的部分呢？如果是指說出來的部分，那我幾乎全都省略了，我只說自己站在房子前就有一隻鳥飛到我的肩上。

——這孩子很開心呢。小陸，快過來。

她一邊說一邊朝我的右肩伸出雙手，但小陸毫無反應。她擺出了我這輩子從未親眼目睹的無奈姿勢——一邊聳肩一邊瞄向斜上方，然後把我和小陸一起帶到二樓。在上樓的時候，我得知了小陸是一週前從窗戶飛走的，這是她女兒養的鳥，女兒的名字叫千奈美，以及她剛才其實不需要那樣尖聲說話。

——我故意嚇你的。

包括這惡作劇般的語氣，她好像真的比我媽媽年輕許多，因此我以為她說的「女兒」可能是小學生，結果我到了二樓房間卻看見一個女高中生坐在裡面。

「那隻……是什麼鳥？」

被我這麼一問，千奈美小姐穿著居家褲的雙腿併攏地轉動椅子，身體朝向窗戶。現在時間還很早，她那件灰色居家服或許是睡衣。若是如此，那我就是第一次看到穿睡衣的女高中生。

「灰鸚鵡。」（註5）

「鸚鵡？」

灰鸚鵡。她又重複了一次，解釋說這是一種大型鸚哥。頭上有長長冠羽的是鸚鵡（註6），沒有冠羽的是鸚哥（註7）。小陸確實沒有冠羽，只有一頭整齊的短毛，看起來像小平頭。

「兩者經常被混淆，就像雞尾鸚哥（okame inko）雖是鸚鵡，名字卻叫鸚哥。」

她注視著鳥籠，臉上並沒有因為小陸回家而露出一絲的笑容……不，她根本沒有任何表情。我長到這麼大只看過兩個面無表情的人，就是我父母在夏天之後的模樣。

「謝謝你幫我把小陸找回來。」

千奈美小姐用缺乏誠意的語氣說道，然後看看牆上的時鐘，一副「你沒事就快

註5 日文youmu，非洲灰鸚鵡。

註6 日文oumu，鳳頭鸚鵡科。

註7 日文inko，鸚鵡科。

走吧」的態度。但我的事情還沒處理完，我並不是來把鳥還給飼主的，而是很在意小陸說的話才追著牠來這裡。我已經確定小陸那句話一定是跟千奈美小姐學來的，雖然牠說話的音質跟廉價收音機一樣死板，但那陰沉又不帶感情的語氣跟她一模一樣。

不久前我還以為那句「你怎麼不去死？」是母親對孩子說的話，也就是說，我以為是有人在虐待兒童。如果那句話是千奈美小姐說的，她是對誰說的呢？

「灰鸚鵡……會學人說話嗎？」

我試探地問道，千奈美小姐立刻注視著我，視線筆直得像是用尺畫出來的。

「為什麼這樣問？」

「我只是隨便問問。」

「牠說了什麼？」

「沒什麼。」

千奈美小姐用不帶感情的眼神盯著我好一陣子，然後拿起桌上的手機，一邊簡短地喃喃自語一邊撥打電話。她說的好像是「必須取消」，又好像不是。她把手機貼在耳朵上，裡面傳出「對方現在無法接聽」的語音，她皺著眉頭掛斷，把手機放回桌上，旁邊擺著寫滿漂亮字跡的筆記本，以及一張看似化學科的講義。

「妳假日也會讀書啊？」

「都快要大考了。」

這麼說來她跟我哥哥同年，都是高三生。因為她身材嬌小，而且頭髮和臉都很自然，或者該說懶得打理，我本來以為她和我同年級，沒想到她竟然比我大兩歲。我立刻改成用敬語對她說「千奈美小姐說得是」，同時望向房間另一邊，牆上掛著制服外套和裙子。那是遠得必須搭電車、很聰明的人才考得上的學校的制服。順帶一提，這是我第一次看見沒穿在女生身上的制服。

「所以我不得不讀書。你沒別的事了吧？」

「對不起。」

我立刻下意識地道歉，隨即才感到生氣。虧我幫她把溜走的鳥兒送回來，她竟然是這種態度。我拿起放在地上的運動提袋，一邊思索著自己該說什麼，這時尼西基摩先生的預言成真了，外面傳來了雨聲。

我看向窗戶，雨滴瞬間變得密集，海面也變成了灰濛濛的一片。窗前鳥籠裡的小陸逐漸融入灰色的背景，金色的鳥籠看起來更醒目了。

「下雨了呢。」

我說了一句廢話，千奈美小姐沒有回答，而是默默望向窗外。她的皮膚非常白，但並不是白皙透亮那種感覺，而是類似魚腹的蒼白，彷彿打從出生以來從沒出過門。她的側臉依然沒有任何表情，我正盯著她看，突然冒出了一個念頭。

「那句話」搞不好是她對小陸說過無數次的話。

千奈美小姐看到小陸回來並沒有展露半點欣喜之情，可見我猜得沒錯。我不知道原因是什麼，但我覺得千奈美小姐似乎希望小陸死掉，小陸察覺到她的想法，一有機會就從窗戶溜了出去。不對，如果真是這樣，小陸應該不會再回到這裡的院子。難道千奈美小姐是故意放走小陸的？因為她擔心繼續這樣下去遲早會殺死小陸？結果我卻把小陸送回來了。

「千奈美小姐喜歡看書啊？」

我想再拖些時間，轉頭望向桌子旁邊的書櫃。裡面塞滿小說……不對，我只是看到書名就覺得那是小說，說不定根本不是。

「我現在要準備考大學，所以禁止看閒書。」

「這樣啊。」

「我很喜歡小說，因為裡面寫的都是我絕對遇不上的人的故事。」

我一本小說都沒讀過，也不知道該怎麼回答。此時千奈美小姐站起來，她的臉在天花板的冷色燈光照耀下變得更蒼白，看起來像是舊照片裡的人。

「家裡應該有多餘的雨傘。」

千奈美小姐走出房間，我只好跟著她走向走廊。走廊的味道和房間裡不太一樣。對了，這也是我第一次聞到女生房間的味道。

我試著問問看。

「妳喜歡小陸嗎？」

「為什麼這樣問？」

「總覺得妳看到牠回來並不開心。」

我穿著襪子，但千奈美小姐是打赤腳，走路時發出了溼潤的腳步聲。

「妳是不是覺得小陸……」

我努力思索，卻想不出比較委婉的說法。

「小陸不在了比較好？」

走在前面的千奈美小姐輕輕地點頭，動作小到幾乎看不出來，接著她默默地走下樓，我不知道她會不會繼續說話，還在等待時，我們已經到了一樓。

「哎呀，要回去了嗎？」

母親裝作一副匆忙的模樣從廚房走出來，問我有沒有雨傘，我回答沒有，她就用一種練習過的動作睜大眼睛、摀住嘴巴，然後把我推到玄關，打開鞋櫃的W形摺疊門，右側收著幾把雨傘，挑了一把通常不會拿去送人的精美雨傘交給我。

「不用拿回來還了。真的很感謝你。」

鞋櫃裡整理得很整齊，所有鞋子都是正面朝外，上下共有三層，我一眼就能看出哪層屬於父親、母親或是千奈美小姐，因為每一層隔板都貼了用標籤機之類的東西印刷的姓名。父親和母親的名字我都沒記住，但我發現千奈美小姐的名字其實要寫成「千奈海」，我還看到了她的全名……

「我母親再婚了。」

千奈海小姐發現我盯著鞋櫃上的名字，像是猜到我的想法似地說道。這時她母親的臉色變了，就像人偶的頭突然變成真人，突然變得活生生的。

我不知道她的表情有沒有再恢復原樣，因為千奈海小姐一打開門，我就逃命似地跑掉了。門在我的背後關上，我撐著借來的雨傘，在彎曲的小徑上筆直走向大門。

走出大門後，我又回頭望去。

剛才千奈海小姐是不是以為我偷偷在心中嘲笑她的名字「永海千奈海」呢？我把小陸留在那個房間真的好嗎？千奈海小姐會不會殺掉小陸？我剛剛是不是應該誠實回答我聽到了小陸說的話？是不是應該問千奈海小姐是以什麼心情說出那句話的？正當一大堆問號在我的腦海裡打轉時，包包裡的手機震動起來，我拿出來一看，是棒球社的通知，今天的練習因大雨而取消了。

『在什麼樣的心情之下才會叫人去死呢？』

我一邊離開大門，一邊點進社群網站，打下這行字。

（五）

隔天星期日的白天，我躲在一棟陌生的大樓附近。

雨從昨天下到現在都沒停過，所以今天棒球社不練習，也沒辦法去漁港練投球。我在自己房間裡呆呆地想著千奈海小姐的事，越想越坐不住，於是我搭公車前往她家，卻看見了意外的情景。我在千奈海小姐家附近正準備下車，卻見她上了車，我急忙回到座位，縮起身子。千奈海小姐沒有發現我，過兩站就下車了，我也下車跟著她走，最後來到了這棟大樓。

這裡離市中心有段距離，是一棟看似房租很便宜的出租公寓。千奈海小姐站在陰暗的門口哭泣。

她背靠著牆壁，雙手摀著臉。

附近沒有商店，而且幾乎沒有路人，千奈海小姐到底來這裡做什麼？她為什麼哭呢？我躲在自動販賣機後方死命思索，思索小陸說的話，思索千奈海小姐沒有因小陸回家而開心，思索我昨天臨走時看見她母親的表情……有人過來了。

一個年約三十五歲的消瘦男人撐著塑膠傘從對面走過來，長長的瀏海蓋住了臉，看不清楚長相。男人收起傘，正要走進大樓，一看見千奈海小姐就停下腳步。千奈海小姐面對著他，兩人談了一陣子，有時搖頭有時點頭，像是在談判什麼事。最後他們達成共識，彼此輕輕點了點頭，接著男人就走進去了。

幾秒鐘以後，千奈海小姐也跟了進去。

我躡手躡腳地從自動販賣機後走出來，用傘遮著臉靠近大樓，走進門口。水泥地上滿是沙子，走過去時發出了唰唰的聲音。因為這裡離海很近，若是打掃得不夠勤快就會變成這樣。眼前是髒兮兮的樓梯，上方傳來關門聲，接著只能聽見雨聲。

我發冷的胸中浮現出幾個不太好的猜測。

每一個猜測都模糊不清，總之全是些不好的事情。

我爬上樓梯。有兩個人才剛走進屋內，如今大樓卻靜得像廢墟一樣。我爬到二樓，只看見一扇油漆剝落的金屬大門，從剛才的聲音聽來，他們兩人去的地方應該在更上層。我爬上三樓，又看到相同的大門，看來每層樓都只有一戶，不知道是住家還是公司，因為門前沒有掛門牌或招牌，所以看不出來。

我正要繼續爬到四樓，背後突然傳來開門聲，我趕緊像芭蕾舞者一樣踮著腳尖悄悄爬上樓梯中間的轉折處。

打開的是我剛才看到的三樓的門。我躲在樓梯間偷看，見到千奈海小姐獨自走出來，她默默地關門走下樓。等她的腳步聲遠去之後，我才跟著下樓。千奈海小姐走出大樓，也不撐傘，直接走向公車站。此時還下著大雨，跟在後面的我手中的雨傘被雨滴敲出密集的鼓點。

我走到公車站，幫千奈海小姐撐傘，她轉過頭來，臉上溼答答的，不知道是不是摻雜著淚水。我想應該有吧，因為她正哭喪著臉。昨天千奈海小姐一直板著撲克臉，這是我第一次看見她的臉上出現表情。

「我剛好來附近找熟人……他叫尼西基摩先生。」

我主動解釋自己為什麼會出現在這裡。會提到實際人物的名字，是因為這樣聽起來比較可信。看來這招很有效，她並沒有起疑。

「妳呢？」

我試探地問道，她的回答卻大出我所料。

「我去找寵物偵探。」

她說小陸跑掉以後，她母親在網路上搜尋到「寵物偵探」，就委託對方幫忙找小陸。我第一次聽說有這種職業。

「小陸已經回來了，所以我去取消委託。昨天打了幾次電話，對方都沒接，所以我乾脆自己跑一趟。」

真的是這樣嗎？那她剛剛為什麼要哭？

煙雨濛濛的視野裡出現了模糊的方形物體，方形逐漸接近，變成一輛公車。車門發出類似嘆息的噗咻聲打開。我們兩人上了充滿溼濡味道的公車後，千奈海小姐坐在門邊的單人座，而我站在她的身旁。我們兩人都沒有開口，像人偶一樣搖晃一陣子，公車在下一站停下來。

「可不可以讓小陸去我那裡待一陣子？」

公車再次起動時，我鼓起勇氣問道。千奈海小姐抬起頭，從瀏海間瞄著我。

「為什麼？」

「其實我一直想要養鳥……就當作是練習，或是挑戰。不行的話也沒關係。」

「你是認真的嗎？」

「我是認真的。」

千奈海小姐沉默了幾秒，然後轉頭直視著我。

「牠或許會說些奇怪的話喔。」

她主動提起了這一點。

「沒關係。」

站牌接近，公車減速，司機的廣播聲響起。

「今天傍晚我看完書以後就送過去。」

我本來以為沒希望，沒想到她竟然答應了。

「謝謝妳。」

千奈海小姐要我告訴她地址，她把地址存進手機後，公車正好停下來。她立刻起身，沒看我一眼就下車了。外面依然下著大雨，但她還是沒有撐傘，我隔著溼濡的車窗看著她的背影逐漸融入雨中。有幾個人上了車，車門關閉，引擎的震動從我的鞋底傳來。千奈海小姐真的會帶小陸來我家嗎？如果小陸來了，我從今以後就會一直在家裡聽到那句話。公車開始行駛，千奈海小姐的身影消失，我拿出手機，在社群網站打字。

『在自己的房間裡被罵「去死」……是什麼感覺呢？』

（六）

隔天星期一，敬老日。

天氣終於放晴，所以我又開始在社團活動之前跑去練習投球。我朝著墊子投出「類指叉球」，等球滾回來又繼續投。啪！咚。咕嚕咕嚕。我看看右手。水泡。水泡。磨損得斷斷續續的指紋。水泡。發紅的食指及中指內側。厚繭。厚繭。把手肘彎曲伸直，有一點點的異樣感。

「唔……後來怎麼樣了？」

尼西基摩先生手握釣竿，但臉一直朝向我這邊，沐浴在朝陽下的身體照例化為長長的黑影伸向堤防。我們簡單稱為「小島」的無人島孤零零地漂浮在海灣正中央，那座島的影子也會在海面伸長嗎？

「不知道。」

啪！咚。咕嚕咕嚕。

「那隻鳥……是叫小陸嗎？牠又說了那句話嗎？」

「是啊，在我的房間裡。」

我把事情全都告訴尼西基摩先生了，包括小陸在我家的事。

「牠又叫你去死？」

「是啊。」

千奈海小姐昨天依約來到我家，還帶著關在籠子裡的小陸，以及一包鳥飼料，還有一張詳細的飼養教學。我聽到門鈴聲，跑去開門，看到她站在雨剛停的室外，後面停著一輛計程車。千奈海小姐把帶來的東西交給我就立刻坐上計程車，所以我們根本沒說幾句話。
「虧你肯照顧那隻鳥。」
「牠還挺可愛的。」
千奈海小姐的單子上寫了「喜歡水果」，所以我把冰箱裡的蘋果切成小塊，拿去試著餵食，牠還真的吃得津津有味。鳥的臉上沒有表情，但牠吃東西時的動作看起來就像很喜歡。
「小哥和老哥不太一樣呢……我真搞不懂你在想什麼。」
尼西基摩先生一邊剔牙一邊歪頭說道，然後他發出一聲「喔！」，我還以為有魚上鉤了，結果卻不是。
「那是小哥的朋友嗎？」
穿著運動服的殿澤學長來到倉庫前。我還沒看清楚他的臉，就轉身面向墊子繼續投球。啪！咚。咕嚕咕嚕。殿澤學長很快就走到我的身邊。
「你有空嗎？」
啪！咚。咕嚕咕嚕。
「喂。」
啪！咚。咕嚕咕嚕。
喂。殿澤學長抓住我的左手，我只好轉頭看著他。他已經退社兩個月了，原先的小平頭如今長得參差不齊。殿澤學長看了尼西基摩先生一眼，然後把臉貼近我的肩膀。

「跟我過來。」

他轉過身去，沿著倉庫走，然後消失在轉角後面。那邊是我練習投球之處的相反一側。

我隨即跟上去，一過轉角就被他抓住衣襟，推到牆上，撞得我不禁發出呻吟。

「你這傢伙……該停手了吧。」

「你在說什麼？」

「你明明知道我在說什麼。」

殿澤學長滿是青春痘的臉漲得通紅，抓住我衣襟的手旋轉半圈，把我的制服擰了起來，但沒有再開口說話。

「小湊同學。」

遠方傳來聲音。那個男人的聲音聽起來很熟悉。殿澤學長放開了我。我國中時代的老師站在漁港的道路上，我只記得他是教英語的，卻想不起他的名字。

「好久不見了。」

他原本就很瘦，如今比我畢業前看到的他更瘦，凹陷的臉頰凹得更深了，就像骷髏頭一樣。一看到他的臉，我就想起他在英文課經常講恐怖故事，但是都不怎麼恐怖，大家都嘲笑說他的臉還比較恐怖。老師告訴我們的都是日本的恐怖故事，好像是很久以前的一位外國人寫的，而我當然也不記得那個外國人是誰。

老師走過來，對我露出笑容，也對殿澤學長笑了一笑。

「小湊同學，你好嗎？」

殿澤學長大概以為老師很快就會離開，所以依然站在附近盯著我，但我故意回答得很含糊，他只好放棄，轉身走回漁港的道路，臨走時還不忘瞪我一眼。

「……他找你做什麼？」

老師回頭望去。我還記得他這慢條斯理的語氣，卻依然想不起他的名字，只想起他老是在課堂上用這種語氣說些沒人會笑的笑話。

「沒什麼。老師白銀週也放假嗎？」

「喔喔，我已經不是老師了。」

他說今年三月已經離職了。對了，我在畢業前的全校集會好像聽過他即將屆齡退休的事。

「我明明是英文老師卻說不好英語……學校也差不多受夠我了，這時離開剛剛好。」

我還是他學生的時候，鐵定不會聽到他說出這種話。

「你……來漁港做什麼？」

「每天上學前或社團活動前，我都會來這裡練習投球。」

「你哥哥和你在國中棒球社也很努力地練習呢。我在教職員辦公室都看到了。」

真的嗎？他對哥哥的評價更讓我懷疑，因為夏天過後已經有好幾個人跟我說過這種話了。哥哥的國中同學、專程來我們家拜訪的級任導師、鄰居家的老先生老太太，他們都說得一副好像早就知道哥哥有多勤奮的樣子。

「我在練習指叉球。」

我試探地說道。哥哥在國中時代已經開始練指叉球，如果他真的仔細看過哥哥練習，應該會說出該有的感想。果不其然，老師盯著我的臉好一陣子，然後眨著眼睛望向海洋。

但他卻這麼說了……

「我本身沒有打過棒球，不知道能不能幫上忙……不過我高中時代聽物理老師說過一件事。」

老師以這句話做為開場白，告訴了我一件事，那是我從來不知道的指叉球祕密。不只是我，哥哥想必也不知道，他要是知道一定會告訴我的。

「……真的嗎？」

我問道，老師抬起瘦骨嶙峋的臉回答「真的」。

（七）

這天我結束社團活動回到家以後，一邊思索著老師告訴我的指叉球祕密，一邊看著小陸的鳥籠。和千奈海小姐的房間一樣，我也把鳥籠放在窗邊。

我沒有事先告訴父母小陸寄養在家裡的事，令我意外的是，他們到現在還沒有表示過反對。難道他們根本不在乎我的房間裡有一隻鳥嗎？

小陸一直在籠子裡用鳥喙啄食飼料，不時轉頭望向昏暗的窗戶。鳥不都是夜盲嗎？牠看得到什麼呢？不對，我在生物課聽過「鳥都是夜盲的說法是錯的」，只是因為大部分的鳥都是白天活動，才會產生這種誤解，其實鳥在夜晚也看得見。

我站起來，看看窗外。這裡是擁擠的廉價住宅區，只能看見隔壁人家的牆壁和屋頂。天色漸漸變暗了，沒有星星也沒有月亮，什麼都沒有。

「你怎麼不去死？」

小陸說話了。我把臉湊近鳥籠，仔細聽牠的聲音。

「你怎麼不去死？」

鳥是怎麼學會說人話的？

『他說出這話時一定不懂其中的含意吧。』

我把這句話打在社群網站上。因為知道那是無心之言，我一直聽著那句話也不覺得受到打擊，這點倒是出乎我的意料。或許是因為那是千奈海小姐的聲音，又或許是已經聽了太多次。

「去死。」

我對著鳥籠低聲說道。

「去死。」

又一次。

「去死。」

又一次。

可是小陸沒有學我說話。要重複多少次才能讓鳥學會呢？就在我疑惑地抬起頭時……咦？

（八）

「你不是說可以開到八十公里嗎！」

我在有如機關槍掃射的密集雨幕中大喊。

「可以啊！」

尼西基摩先生也大喊著回答我。他單手抓著操縱桿，另一隻手抓油門桿，用下巴指向速度儀。雨水打進眼中，我什麼都看不清楚，速度儀就不用說了，連尼西基摩先生的身影也變得歪歪扭扭，甚至連漂浮在左邊的無人島的輪廓都看不見。汽艇筆直掠過海灣，朝著千奈海小姐所住的對岸前進。

「方向偏了一點，我要轉彎囉！」

尼西基摩先生畫了個弧，身體向左傾。我彎著上身隔著擋風玻璃望向前方，在黑白的風景之中出現了模糊的碼頭。我還沒回過神來，身體又被往右甩，我急忙抱住尼西基摩先生的腰。汽艇減速，緊貼著木棧橋停了下來。風聲頓時停歇，換成了打在海面的無數雨聲。

「謝謝你！」

我跳上棧橋時，尼西基摩先生喊了一聲「嘿」。

「怎麼了？」

「借我船的傢伙跟我說了一件事。」

他的眼睛沒有看著我。

「我趕時間，下次再說！」

我一口氣衝到高地上的住宅區，穿過彎曲的小巷。位於右側的千奈海小姐的家漸漸逼近。車庫的鐵捲門開著，一輛黑色的、在雨中也能看出光澤亮麗的汽車正好開出去。車子出了小巷後漸漸駛遠，等我到達大門時，車子已經繞過轉角、消失不見了。

我氣喘如牛地按下門鈴，沒有反應，我再按一次，對講機裡傳出千奈海小姐的聲音。

『……有什麼事嗎？』

她沒有問我是誰，大概是從鏡頭裡看到我了。

「妳家裡有別人在嗎？」

『沒有。』

「我有件事想要問妳。」

我昨晚看著小陸的鳥籠時，突然發現一件事。小陸一再重複的那句話究竟是對誰說的？我想到了一個答案，後來我整晚都在思索這件事。我雖有小睡片刻，但我感覺自己沉思了一整晚，越想越覺得自己猜得沒錯。天亮以後，我再也按捺不住想去確認的衝動，走到漁港一看，穿著皺巴巴T恤的尼西基摩先生正在倉庫屋簷下躲雨，一邊恍惚地抽著菸。我問他現在能不能借到汽艇，他有些吃驚，但是聽到我有急事，他就立刻起身走掉，回來時已經拿著鑰匙，然後我們坐上停在漁港邊的汽艇，跟上次同樣的汽艇，駛離了漁港。

「妳是不是想要自殺？」

我等了很久才聽到回應，在此之前我連大氣都不敢喘一下。

『……為什麼這樣問？』

她說的話和無力的語氣等於是承認了。

「請讓我進去。」

過一陣子，對講機關掉，大門在雨中無聲地打開。我走進大門，經過不必要的彎曲小徑，走進屋內，在玄關裡見到了穿著居家服的千奈海小姐。她轉身走進去，但我沒有跟上，所以她也停了下來。

「不用擔心地板弄溼。」

「在這裡就好了。」

我一身溼答答地蹲在門口，千奈海也走回來坐在木板地上，但一句話也沒說。

「我剛才有說錯嗎？」

「沒有錯。」

「可以告訴我理由嗎？」

千奈海小姐沒有抬起頭。

「你……也是啦，你當然會想知道。」

我假裝沒有聽懂這句話隱藏的含意。

「理由無聊得很，你聽了一定會失望……」

說完這句話以後，千奈海小姐令人意外地爽快說出她想自殺的理由，說出那些錯綜糾結、沒辦法再變回獨立事件的事情。她國一的時候父親病故，接著母親再婚，繼父是在縣內開了三間牙醫診所的有錢人，繼父叫她去考醫學系，母親也在一旁幫腔，她被逼著用功讀書，好不容易才考上現在這所高中。但班上同學都很聰明，以她的程度完全跟不上，再怎麼努力都做不到，沒有朋友能陪她商量這些事，事實上她從小到大都沒交過朋友。她問我「很無聊吧？」，我回答「不知道」，因為我真的不知道。但我還是想知道，我非得知道不可。

「最大的理由還是出在我自己身上，因為我只是為了這些無聊事就想死。與其說我想死，倒不如說我希望自己去死。」

真的被我猜對了。

昨晚我看到自己的臉反映在玻璃窗上，突然想到千奈海小姐那句話可能不是對別人說的，也不是對小陸說的，而是對她自己說的。在千奈海小姐的房間，鳥籠是擺在窗前，她總是站在那邊，對著映在玻璃窗上的自己說出這句話，每天都說，一次又一次地說，所以小陸才會學起來。

「是因為小陸……學會了妳那句話，妳才把牠放走嗎？」

我如此問道，但是千奈海小姐搖頭。

「如果我死了，繼父一定會把牠丟出去，或是用其他方法處理掉，所以我才先把牠放走。小陸本來是我過世的父親養的鸚鵡，給牠取那個名字是因為我的名字裡有海。海與陸。我繼父很討厭這一點，他跟我母親結婚四年來，一直漠視小陸的存在。」

她告訴母親，是她不小心讓小陸飛出去的。

「母親在網路上找到了寵物偵探，叫我去聯絡……還一直站在旁邊看我打電話，我只好當場打過去。」

寵物偵探很快就來她家拿小陸的照片，不過那人看起來一副不太能幹的樣子，讓千奈海小姐安心不少。她本以為小陸不會被找到，沒想到過了幾天，肩上站著小陸的我就出現在她家門口。

「你帶小陸來我家時，我立刻就發現了。」

千奈海小姐盯著我的胸口。

「發現什麼？」

「發現你是誰。」

我露出不解的表情，千奈海小姐用黑白不分明的眼睛看著我，默默地等我說下去，看我一直不開口，就從居家服的口袋掏出手機，按了一陣子，把螢幕朝向我。我已經隱約猜到了，出現在畫面上的果然是社群網站的留言。

『他說出這話時一定不懂其中的含意吧。』

這是我昨晚打的留言。

「我一直有在關注這個帳號，大概是從剛放完暑假時開始的，每天都會來看……有時從最新的往前看，有時從很久以前的往後看。這個人跟我住在同一個城市，同樣是高中生，我很想知道他在想什麼。當然，從我開始來看以後，從來沒有出現過新的留言。」

因為這是已死之人的帳號，當然不會有新的留言。

「可是前陣子突然出現新留言，讓我非常驚訝，而且寫的竟然是小陸的事。」

千奈海小姐翻出那句留言，就是我在漁港遇到小陸後第一次用這個帳號寫的留言。

『正在努力練習投球，卻有個傢伙叫我去死。』

「一開始我完全搞不懂狀況，死人的帳號怎麼會寫到小陸的事，隔天你就把小陸帶回來我家。我一看到你的臉就立刻認出你了，因為那個帳號上傳過很多你的照片。」

哥哥經常把我的照片上傳到社群網站，像是來不及比出「ya」手勢、右手只舉起一半的照片、明明跟朋友說自己都是去美容院理髮、卻被拍到被媽媽用推剪理髮的證據照片。雖然都是些丟臉的照片，但我卻覺得很高興、很自豪。

「我很想問你……為什麼你要用你哥哥的帳號上傳小陸的照片？」

「妳想知道嗎？」

千奈海小姐嘴脣沒有動，靜靜地回答「想」。

「如果你願意說的話。」

「我想找出凶手。」

「……什麼凶手？」

「殺死我哥哥的凶手。」

千奈海小姐的眼中充滿疑惑，她大概聽不懂我的意思。

哥哥一直瞞著下井教練和隊員們偷偷地跑來漁港練習指叉球，多虧如此才能讓球隊打進分區大賽，但哥哥的手肘也因此受傷了。下井教練說過投指叉球會造成手肘極大負擔，叫他不要練得太勤，說得一點也沒錯。

分區大賽是殿澤學長上場投球，從頭到尾不斷地被對方的打者擊中。球隊輸得一敗塗地。

原本多話的哥哥在那之後變得沉默寡言，到暑假快結束時突然死了。某天早上，我被媽媽穿透門扉的尖叫聲吵醒，走出房間就看到哥哥整個人懸吊在天井，制服褲子勒住他的脖子，褲子的皮帶綁在樓梯扶手上。他的眼睛和嘴巴都張得老大，像是在嘶吼。現在我每次想起哥哥，首先就會想到這個景象，其他無數的生活大小事都被擠到一旁。

「我和妳一樣，我也想知道哥哥為什麼會死，想知道他到底在想什麼。」

我開始模仿哥哥一大早去漁港練習投球。我想，如果我像哥哥一樣在那裡不斷練習指叉球，練到手肘受傷，無法再投球，或許就能體會他的心情了。不過我的程度遠比不上把球隊帶進分區大賽的哥哥，就算弄傷手肘，或許也沒辦法體會到相同的心情。我根本不喜歡棒球，甚至討厭得要命，就算無法再投球，我大概也不痛不癢吧。但我又想不到還能做些什麼。我心想，如果一直逼自己投球，練到手肘越來越痛，或許我就能原諒自己坐視哥哥死去了。

「我也常常去看哥哥的社群網站。我猜，自從那場比賽輸掉，直到哥哥自殺的這段時間，或許有人寫了很過分的留言。」

可是我沒有看到任何帶有惡意的留言，裡面全是哥哥的同學和住在同個城市的人寫下的鼓勵。我沒有放下懷疑，心想惡意留言或許被刪除了，或許是寫在私訊裡……

「所以我登入了哥哥的帳號。」

這事一點都不難，因為哥哥上高中後，父母依照先前的約定買手機給他，他就在我面前申請了社群網站的帳號。

——密碼可以用名字或生日吧？

哥哥躺在客廳沙發上問道，我回答這樣太危險了，但是記不得密碼又很麻煩，所以他在名字生日之後多加了一個「1」。「1」指的是哥哥當時很渴望、後來也如願得到的王牌選手背號。

「我剛登入帳號就找到了。」

我用自己的手機找出訊息，拿給千奈海小姐看。

那是哥哥在自殺當晚收到的訊息。

『教練明明禁止，你卻硬要練習，還把手肘弄傷了，簡直太離譜了。我們會輸球都是你害的，你要負全責，去死吧。』

當我看到訊息的時候，傳訊的帳號已經不存在了，想必是在哥哥死後刪了帳號。我只能想到一個人，但又沒有證據，什麼都做不了。直到五天前。

「在堤防上遇到小陸時，我想到可以用哥哥的帳號發文。」

我希望那個人看到，希望他知道我已經發現了他傳給我哥哥的私訊。我努力說服自己，弟弟借用死去哥哥的帳號又沒什麼不對的，寫出真實發生的事又沒什麼不對的。

『正在努力練習投球，卻有個傢伙叫我去死。』

『在什麼樣的心情之下才會叫人去死呢？』

『在自己的房間裡被罵「去死」……是什麼感覺呢？』
『他說出這話時一定不懂其中的含意吧。』
我本來想要寫得更嚇人，讓那個人怕到不敢上學，怕到不敢走出家門，但我沒有那種勇氣。寫這些留言又有什麼意義呢……當我開始懷疑時，殿澤學長來到漁港，揪住我的衣襟。
和我猜得一樣，傳私訊給哥哥的人一定是殿澤學長。
「那你想……把他怎麼樣？」
最近的報紙地方版一直在報導本市發生了睽違五十年的凶殺案，可是除了那種的之外，也有這種凶殺案。哥哥是被看不見的刀子殺死的，我也想用同樣的刀子刺進凶手的胸口。
但我終究鼓不起勇氣。
「什麼都不做。」
以我這種平凡的腦袋也想不出來該怎麼做才對。
「總之……不可以自殺。」
我能說的只有這句話。如果千奈海小姐自殺，也會有人被拋下，就像我一樣，就像哥哥死後幾乎不再說話的爸爸媽媽一樣。如同我剛剛的回答，我並不了解千奈海小姐的心情，我也無法想像她和她的父母關係如何，但是不管怎樣，她的父母都會被拋下。我也是，我已經認識千奈海小姐了，如果她死了我會感到難過，而且我努力嘗試過，卻還是阻止不了她，一定會更難過。

「我也這樣想過幾百次了，可是……」

像是要忍住哽咽，千奈海小姐緊閉嘴巴，屏住呼吸。她抱膝而坐，低下頭去。

「我真的沒辦法了。我頭腦不聰明，跟不上大家的程度，跟繼父相處了好幾年，還是沒辦法自然地和他說話，而且我根本不喜歡他，所以我也漸漸不跟媽媽說話了。照我這種個性，將來想必也交不到朋友，我好討厭這樣的自己，真希望自己從這個世界上消失，真想抹消掉自己。」

千奈海小姐把臉埋在膝間，所以聲音聽起來悶悶的。她的頭頂朝著我，我可以清楚看到她的髮旋、頭皮的顏色、每根頭髮生長的方向，這畫面太過寫實，讓我頓時說不出話。籠罩著房子的雨聲不知不覺地消失了，我們兩人都不說話，靜得聽不到半點聲音。我還想說些什麼，但話語如同在嘴裡變成了黏土，吐都吐不出來。等一下會放晴嗎？沒有社團活動的日子大家都在做什麼呢？會搭公車或騎腳踏車去購物，或是和朋友一起出去玩嗎？哥哥死了以後，我再也沒有做過這些事，今後大概也不會做吧。我真羨慕沒有家人自殺的人，又很痛恨他們，我無論怎麼努力都笑不出來，也沒辦法開玩笑。我一身溼答答地蹲在門口，繃緊咽喉，抬起下巴。這是我在哥哥死後練出來的忍住眼淚的技巧。我不想在別人面前哭，我覺得千奈海小姐或許也是這麼想的，或許她也有一套忍住眼淚的技巧，此時此刻也正在這麼做。千奈海小姐在寵物偵探事務所的樓下哭過，或許她和我一樣，經常在獨自一人時像那樣哭泣。

此時門外傳來聲音。

「喂！」

千奈海小姐猛然抬頭，像是把臉從膝間扯開。

「喂！」

「不好意思……好像是我的熟人。」

我站起來，握住門把。不是「好像」，那聲音怎麼聽都是尼西基摩先生，我開門一看，真的是尼西基摩先生。他喘得像是剛潛完水一樣。

「打擾你們真是抱歉，但我等不及了。現在或許能看到不得了的東西喔，小哥快跟我走吧……那位小姐有興趣的話也可以一起去。」

（九）

尼西基摩先生領著我們搭上停在棧橋旁的汽艇，發動引擎，猛然前進。我和千奈海小姐反射性地拉住彼此的手腕，同時失去了平衡，往後摔倒。

「沒事吧？」

尼西基摩先生頭也不回地問道，但我們忙著起身，根本沒空回答。他到底要去哪裡呢？尼西基摩先生把油門桿往前推到底，他常穿的皺T恤被風吹得狂舞，汽艇

121

行駛速度越來越快。雨已經停了，但天空還是烏雲密布，反映了天空的海面也一樣陰暗。

「這艘汽艇不用還回去嗎？」

「晚點再去還。」

「你說不得了的東西是……」

去了就知道。尼西基摩先生用下巴指著前方說道。遠方的雲層出現了幾個缺口，光芒從其中灑落。

「我一直很想看。有一次我差點就看到了，現在的天空跟當時很像……所以我想這次說不定真的能看到。」

「啊？所以你根本不確定能不能看到？」

「這種事誰知道啊。」

前方雲層的缺口變得更清晰了。幾道從缺口射向海面的光柱越來越粗，不知道是因為我們更接近了，還是缺口正在擴大。光柱落下的位置就在漂浮於海灣正中央的無人島附近。

「我也經歷過很多事哪。」

引擎不斷發出咆哮，所以我聽不太清楚尼西基摩先生的聲音。

「話說回來，沒遇過壞事的人生還比較稀奇。」

我幾乎是以趴地的姿勢仰望著手握操縱桿的尼西基摩先生。我不知道他有怎樣的人生，也不知道他的姓氏尼西基摩要怎麼寫，更不知道他經歷過哪些事，但我仰望著他滿是皺紋的臉龐時，突然明白了一件事。

老師在漁港跟我說過指叉球的祕密。

當時老師想要告訴我的事。

「聽說指叉球根本不會下墜。」

「啊啊？」

「聽說指叉球不會下墜！」

我喊得比風聲更大聲。

「會往下掉啦！」

「會往下掉，但是不會下墜！」

那比較像是自然落下。投出的球當然會往下掉，那不過就是正常的拋物線。反而是直球因為猛烈地向上旋轉，所以才能直直地飛得更遠。指叉球看似會下墜，其實是和直球相比的結果。

「簡單說，直球還比指叉球更像變化球啦！」

我不知道老師告訴我這件事到底有什麼用意，說不定他只是突然想到，但我覺得他想表達的或許也是這樣，就像尼西基摩先生剛剛說的話。什麼都沒發生的人生……沒遇過壞事或傷心事的人生還比較稀奇。

「真有意思！」

尼西基摩先生像是隨口說說的，然後指著前方。
「那個俗稱天使的梯子！」
雲縫間有幾道筆直的光柱層層疊疊地投射下來。
「聽說天使會從那道光從雲上爬下來。」
「你想讓我們看的東西……」
「不是那個啦！」
那我們到底是來看什麼？正當我這麼想的時候，油門桿被推回中間，引擎停了下來。
汽車放開油門後會因慣性繼續向前滑行，但在水面上不一樣，汽艇猛然停下來，我和千奈海小姐以低伏的姿勢再次失去平衡向前摔。
「過來看看。」
尼西基摩先生走到汽艇前端，雙手抓著擋風玻璃，翻了過去，爬到比船底更高的船頭。
他竟然爬上沒有欄杆的船頭，竟然不以為意地在借來的汽艇上做這種事，而且他竟然相信我們會跟過去，這些事全都令我大感驚訝，看到千奈海小姐站起來攀住擋風玻璃，雙腳一躍爬上船頭，更是讓我震驚不已。
「小哥也快點過來。」
我無可奈何，只好戰戰兢兢地跟著爬上去。我和千奈海小姐當然不敢像尼西基摩先生那樣直挺挺地站著，而是保持雙手雙腳著地的姿勢。噴射引擎的聲音逐漸靠近，大概是有飛機經過吧。

「站得起來嗎？」

尼西基摩先生不等我們回答，就同時拉起我們兩人的手。先站起來的是千奈海小姐，她抬起頭，睜大眼睛，慢慢伸直膝蓋。我清楚看見她那穿著居家褲的雙腳抖個不停。我也在尼西基摩先生的攙扶下用顫抖的腳站起來。他的手臂又硬又黑，就像柴魚一樣。

「你們看，就在那邊。」

從雲縫中伸出的光柱——尼西基摩先生口中的「天使的梯子」——像聚光燈一樣投射在陰暗的海面上。總共有五道。每一道都圓圓的、小小的，以相等距離排列，看起來像五角形的五個頂點在發光。就只是這樣。尼西基摩先生到底想讓我們看什麼？此時吹起一陣風，汽艇搖晃起來，如果不是被尼西基摩先生抓著，我和千奈海小姐一定會摔到海裡，就算被他抓著，我還是很難站穩。我們好不容易站直時，尼西基摩先生發出簡短的呻吟，明明是他帶我們來的，他卻驚愕地說道：

「真的假的……」

那幅景象的確不像真的。

我的眼前出現一朵花，像棒球場那麼大的花。從雲縫中伸出的五道光柱都在逐漸擴大，變成了五片花瓣。在看不到水平線的灰色風景之中，在輕柔的海風之中，純白的光之花逐漸綻放，邊緣相互重疊，占據了我整個視野，那光芒之耀眼讓我不禁想要閉眼休息片刻。

「開花了……」

尼西基摩先生的聲音在顫抖。他哭了嗎？他說很久以前就想看這個景象，為什麼呢？他還說有一次差點看到，那是什麼時候的事？他更用力抓住我，他的另一隻手也一樣用力嗎？尼西基摩先生光是看到天空的模樣就猜到會出現這種花嗎？我還有很多搞不懂的事。千奈海小姐已經打消自殺念頭了嗎？殿澤學長是因為自己上場害隊伍輸了球，既懊惱又羞恥，才會寫那句訊息給我哥哥嗎？或許他不是真的希望我哥哥去死？輸掉分區大賽以後，有很多人在哥哥的社群網站留言鼓勵他，難道那些留言都比不過一個人說的話嗎？因為戰勝的話語比較強，戰敗的話語比較弱嗎？戰勝的人比較強，戰敗的人比較弱嗎？如果殿澤學長沒有傳那句訊息，哥哥就不會死嗎？爸爸媽媽什麼時候才會再開口說話呢？我將來有辦法再和朋友一起歡笑嗎？哥哥有沒有想過被拋下的家庭會無聲地崩塌呢？哥哥在死前想像得到媽媽在火葬場拜託工作人員把手套一起放進去燒而遭到拒絕、哭得像孩子一樣的畫面嗎？為何哥哥什麼都不告訴我呢？即使我去漁港練習投球、買麵包餵海鷗、渾身溼透地和千奈海小姐說話，還是沒有搞懂任何事。就算我哪天真的弄傷了手肘，想必還是搞不懂。我在小學時經常和哥哥玩猜謎遊戲，我們每天都會想很多問題給對方猜，那些問題都有答案，但我現在卻不知道這些問題有沒有答案。我望向千奈海小姐，她也看著我，穿著灰色居家服的身體承受著海風，嘴巴抿緊，雙眼凝神。不知為何，我一看到她的模樣就知道自己也帶著相同的表情。明明有那麼多搞不懂的事，只有這件事我非常確定。

交通事故的日期就是我最後一次見到少女的那天。

在我打開了絕對不能開啟的箱子那天。

我感覺全身像沙子一樣漸漸崩塌，同時不自覺地望向報導下方的圖片。少女母親畫的蝴蝶，停在樹枝上的蝴蝶。圖畫的左下角有個我先前沒注意到的東西。那無力的淡淡筆跡寫著在日本很常見的某個蝴蝶品種的名稱。

其中有一張我看過的圖片。

為什麼會出現「這張圖畫」？

毫無疑問，那正是我在都柏林的冰淇淋店裡看過的圖畫。少女母親所畫的、在樹枝上展開翅膀的美麗蝴蝶。我的心臟在肋骨之中狂跳，如同呼喊著渴求答案。游標被圖片吸引過去，手指按下滑鼠按鍵，畫面出現英文文章，視線一行行地掃過。我看得很快，快到腦袋都跟不上了，看完之後又從頭看起，第二次還是跟不上，所以我又重讀一次。看了好幾遍，我才理解了內容。

那是一件交通事故的報導。

少女和阿姨住在一起，阿姨找不到工作，兩人生活得很拮据。少女希望幫忙改善生活，即使阿姨一再阻止，她還是會獨自搭公車到都柏林市中心向觀光客乞討零錢，然後把錢交給阿姨補貼家用。

阿姨表示，那天少女也出門了，傍晚阿姨去都柏林市中心找她，果然看到她拿著紙杯向旅客攀談，阿姨斥責了她，然後帶她搭車回家。

到家以後，少女像平時一樣打開盒子來看。盒子裡關著一隻蝴蝶。她說那是母親的轉世，還把一張浸過糖水的衛生紙一起放在盒子裡。這天少女打開盒子卻沒看到蝴蝶，她驚慌不已，發出驚呼，跑出家門。阿姨正要去追，卻聽見尖銳的煞車聲和沉重的撞擊聲。阿姨和周圍的人跑過去看的時候，少女已經香消玉殞。

——埃搜額哈惹薄……（I saw a horrible……）

或許我該輸入更詳細的特徵，但我只看過黑白畫像，根本不知道那種蝴蝶的大小和顏色。光從翅膀邊緣的黑紋找得到嗎？我一邊思考，一邊把畫面往下捲動，頓時被一篇文章吸住目光。

那篇文章提到了外國的傳說。

我點進去一看，裡面寫了我不知道的事。愛爾蘭的民間傳說提到死者的魂魄會化為蝴蝶飛走。

Now I know what Mom said that time.

我現在已經知道媽媽當時說了什麼。

我突然想到。

少女的母親死前指著圖畫，是不是說她死後會變成蝴蝶？

是不是說她會變成她最喜歡的那種蝴蝶？

我不知道這代表著什麼意思。雖然腦袋還沒想到，搶先浮現的預感卻讓我感到背脊發涼。一種不知所以的不祥東西漸漸充斥我的全身，我彷彿受到那種感覺的驅使，繼續閱讀其他文章。一則，又一則。不停地讀下去，但什麼都沒找到。沒有一篇文章能給我答案。我改成用英文輸入關鍵字，按下搜尋鍵，畫面顯示出英文的文章，上面還出現一排蝴蝶的圖片。

我在螢幕上輸入「英語會話班」，再加上自己居住市區的名稱去搜尋，發現我家附近的英語補習班比我想像得更多，似乎全是私人經營的。我照順序逐一看過詳細資訊，還抄下其中幾間的名稱和電話號碼。

我將來是否還能在那個城市和少女重逢呢？如果我從現在開始努力學習英語會話，再次見到她時就能問清楚她母親的事、阿姨的事，還有那盒子的內容物嗎？

圖書館位於高地，窗外就是海灣。我來的時候還得撐傘，現在秋雨已經停了，雲間出現縫隙，幾道筆直的光柱射向海面。從光柱旁邊掠過的飛機應該是國際航班，往歐洲來回的飛機一定會經過這海灣的上空。五個月前我去愛爾蘭的時候，還有回來的時候，飛機都經過了本市。

窗外飛來一隻蝴蝶。

牠飄忽不定地上下晃動，在窗框之間飛舞。

那隻蝴蝶能乘著風、越過重洋，飛到少女所在的城市嗎？少女那個城市的蝴蝶能飛到這裡來嗎？

「蝴蝶……」

我心念一動，又轉向電腦，在搜尋欄裡輸入「愛爾蘭」和「蝴蝶」。少女和她母親都畫過的蝴蝶到底是什麼品種呢？我按下搜尋鍵，出現好幾筆看似遊記的日文文章，我一篇一篇地讀，其中幾篇文章還附上了在愛爾蘭拍攝的蝴蝶照片，但是全都不像那種蝴蝶。

（六）

我在圖書館的電腦輸入「S」、「O」、「S」，按下「搜尋」鍵。

螢幕顯示出一筆筆的搜尋結果。

『SOS是根據摩斯電碼制定的求救訊號。』

『因為符號好記，緊急時較容易操作。』

『據說是「Save Our Souls」或「Save Our Ship」的簡寫，但這只是謠傳。』

『其實SOS這些字母本身並沒有意義。』

我半張的嘴巴不禁吐出短短的喘息。

原來我多年來都誤信了謠言，SOS只是用摩斯電碼打起來比較簡單的三個字母，我學生時代的那位英文老師一定也是隨便聽信了別人告訴他的謠言。

話說回來，網路的便利真是令我吃驚，只要輸入關鍵字就能得到資訊，就連我相信了四十年的錯誤訊息都能迅速地訂正過來。

我已經離開都柏林五個月了。

臨別之際放進紙杯的紙條上寫了我在日本的地址，但我從未收到少女寄來的航空郵件，我也一直沒搞清楚盒子裡的衛生紙是怎麼回事，結果我只是給了她兩次兩歐元硬幣，除此之外無法為她做任何事。

有我住宿的飯店名稱和房號，下面用羅馬拼音寫了我在日本的地址和我的全名。我將紙條放進紙杯裡，少女一臉訝異地看著。

「埃，望特，禿，黑爾普，由。」（我想幫助妳。）

我不知道她有什麼麻煩，也不知道要怎麼幫助她，但我還是決定要這麼說。我想要像赫恩一樣接收她的悲哀，希望這位僅僅十歲左右的小女孩的不幸能轉移到垂垂老矣的我身上。

少女以不明確的角度歪著頭轉過身去，隨即邁步走開，一句話都沒說，那嬌小的背影和髒兮兮的粉紅色背包逐漸淹沒在行人之間。直到她的身影消失，我依然一動也不動地佇立在人群中。五、六個年輕人鬧哄哄地從旁走過，有一個人說了些什麼，其他人都笑得前俯後仰。

我看到了盒子裡的東西。那是摺起來的衛生紙，本來大概是摺成方形，後來在盒子裡搖來晃去才變了形。少女的母親是三個月前過世的，她前幾天回到以前的家，在母親的桌上看到了「可怕的東西」。她指的就是那張衛生紙嗎？還是她用那張衛生紙擦了什麼，或是包住了什麼？

隔天我又到市區找尋那位少女，再隔天也是。

但我後來再也沒見過她。

我又說了一次「必優替佛」，同時將沒拿硬幣的左手伸向盒子。我將盒子朝自己拉近，示意想要拿近觀看，少女毫不抗拒地放開了盒子。

我左手拿著盒子，右手把兩歐元硬幣遞給少女，她把紙杯湊過來，我朝著紙杯的「邊緣」丟下硬幣，結果硬幣從紙杯邊緣彈開，在少女驚愕吸氣之時滾落到人行道，她趕緊屈身去撿。

我迅速地抓住盒蓋，掀起一角，交錯綑住蓋子的兩條橡皮筋發出噗噗的聲音滑開，盒子打開了一條縫隙。我轉頭觀看，少女仍努力地在來來往往的路人之間撿硬幣，我又轉回來，看著那條大約三公分寬的縫隙。那塊菱形的黑暗中好像什麼都沒有，但我凝神注視，隱約看見裡面放著形狀不規則的東西，我一看出那是什麼東西，就立刻闔上蓋子，整個人往後轉。少女似乎擔心會挨罵，喃喃說著我聽不清楚的話語走了回來。我把綑住盒蓋的橡皮筋移回原本的位置，若無其事地把盒子還給她。

「賭，由，望特，愛斯庫利姆？」（妳想吃冰淇淋嗎？）

我想再跟她多聊一下。

但她似乎早已想好答案，堅定地搖頭，把紙杯捧在胸前轉過身去。我忍不住拉住她的手臂，她回過頭來，迅速地看了看四周。難道昨天出現在冰淇淋店的那個女人在附近監視她嗎？我也跟著左右張望，但是沒有看到那個女人。

我從外套的內袋掏出一張對摺的紙，那是我事先在旅館房間寫好的紙條，上面

（五）

隔天下午，我在雨停以後走出飯店。

經過溼淋淋的巷弄，來到都柏林的市中心以後轉了幾個彎。

少女又出現在跟昨天相同的地方。髒兮兮的粉紅色背包，綁成很多束的頭髮，掛著玻璃片的手工項鍊，連身上的衣服都跟昨天一樣。我朝少女走去，她一看見我，就朝我舉起紙杯。我對她微笑，但她依然抿著嘴唇，表情絲毫沒有改變，只有拿著紙杯的手臂更用力地伸出。

她彷彿從未見過我，眼中沒有顯露任何情緒。

我蹲低身子配合她視線的高度，問她昨天有沒有挨罵，但她沒有回答，只是把紙杯湊近我的臉前。

此時我才注意到。

那個盒子就在她沒拿紙杯的另一隻手上。垂在身體旁邊的左手正抓著盒子。她昨天塞進背包的綠色盒子就在那裡。我和昨天一樣從錢包拿出兩歐元硬幣，指著用橡皮筋交錯綑起的盒子說：

「里斯，巴克斯，伊斯，必優替佛。」（這盒子很漂亮。）

她點了點頭。

所有人聽到這個結局都很同情浦島，但赫恩問自己，真的是這樣嗎？浦島和神明化身的乙姬度過了一段漫長的幸福時光，卻違背了和她之間的約定，這樣的浦島真的值得同情嗎？赫恩試著用西方觀點來看待這個故事。依照西方人的想法，不遵從神的旨意就沒辦法安詳地逝去，而是會一直活在極度的悲傷絕望中。

浦島打開玉手箱是正確的嗎？不信神也不信佛的我不知道答案為何，我只知道一件事，浦島如果最後沒有打開那個箱子，他的傳說不可能直到今日還繼續被人們傳述。

天色已經變暗，不知何時下起的雨打溼了窗戶。我漫不經心地望著窗戶時，突然感到鬱悶得喘不過氣，彷彿四面牆壁不斷逼近。我轉頭看著邊桌的鏡臺，看見一隻眼睛黯淡無光、相貌卑微的男人，我一邊凝視著那身影，一邊反思著自己沒有任何亮點的人生。在學生時代遇見赫恩的文章時，我想像的人生是這樣的嗎？我努力試著回想，但當時的心情已經蓋滿青苔，看不清楚真實的樣貌了。連英語都講不好、也不擅長使用電腦的英文老師就像是回到故鄉的浦島太郎，放眼望去，周圍的一切都在不知不覺間變了樣。

如果我的故事就這麼終結了，一定無法感動到任何人。

輪廓已經消失了，我立刻衝到店外，發現路上行人不知何時變多了，但其中沒有少女的身影。

我在店裡眾人的側目之下回到座位，坐在少女剛剛坐過的椅子上。鮮豔的黃色塑膠椅還殘留著她的餘溫。我一邊看著光明耀眼的長方形店門，思緒飛向少女的不幸，飛向那曖昧不明的全貌。

（四）

傍晚時分，我在飯店房間裡翻著筆記本。

我一張張地看著少女在冰淇淋店裡畫的圖，那個單字 horrible（可怕的）始終在我的腦海裡盤旋不去。她四天前在以前的家——在她母親的工作桌上——看見了什麼？那個盒子裡裝了什麼？

我突然想起赫恩的〈The Dream of a Summer Day〉（夏日之夢），那是一篇隨筆，主題是赫恩在無數日本傳說之中最喜歡的浦島太郎故事。

那則傳說的結局是浦島從龍宮城回到故鄉，卻發現故鄉已經過了很長的時間，一切都改變了，以前的森林、神社和人們都不在了。傷心欲絕的浦島打開了乙姬送的玉手箱，打開了被告誡絕對不能打開的蓋子，下一瞬間，牙齒動搖，皺紋滿面，頭髮花白，手腳萎縮，浦島無力地跌坐在沙灘上。

I put it in a box.

我把那個放進盒子了。

少女扭身拿起背包，從裡面取出一個盒子。盒身裹著綠色的紙，看起來很堅固，原本可能是用來裝禮物的。四四方方，邊長約十公分，上面牢牢地蓋著蓋子。那盒子很適合搭配緞帶，如今卻是用兩條橡皮筋交錯綑住。

我問少女能不能讓我看看，她睜大眼睛，用微弱的氣聲回答「諾」（不行）。

「肯，埃，析？」

我正因她的反應感到不解，她的視線卻突然轉開，移向我背後的店門口。少女迅速地動了起來，把裝著零錢的紙杯和神祕的盒子都收進背包，接著她伸手去拿桌上那張母親畫的蝴蝶，但手指沒有抓牢，圖畫紙在落下時翻轉過來，正面朝下掉在我的椅子旁。我幫她撿起來，她匆匆地把那張紙夾在兩張紙板中間，沒有依照原樣套上橡皮筋就直接塞進背包，然後一邊說著「哈購」一邊站起來，等我意識到她說的是「Have to go」時，背後傳來女人的聲音。

那聲音似乎在叫少女的名字。

我沒有聽清楚，只記得是「O」開頭的名字。少女全身繃緊，抓起背包走向店門口。強烈的陽光從小巷照進來，我只能看見少女的輪廓，還有她面前那位高大女性的輪廓。我想站起來，卻不小心弄倒了椅子，我慌張地把椅子拉起來時，她們的我永遠都不會忘記她那斷斷續續、說得緩慢至極的每字每句。

Four days ago,
四天前
When I went to the old house,
我回到以前的家
I found it on her desk.
在媽媽的桌上看見了那個

「花特，迪得，由，發依得？」

我問她看見了什麼，她毫不遲疑地回答：

「埃搜額哈惹薄……」

她說到一半就停了下來。

I saw a horrible……是什麼東西？horrible（可怕的）是 **horror**（恐懼）的形容詞，後面接的應該是名詞。不過少女閉起嘴巴沒有說下去，而且至今依然緊抿著。

「哈惹薄……？」

她收起下巴，輕輕點頭。

「雜巴塔賴斯拉達莫。」

聽起來像食物的名稱，但我想一定不是。我在腦海裡一再重複這句話的發音，終於領悟她說的是「The butterfly she loved the most.」（她最喜歡的蝴蝶）。

她母親在臨死之前指著最喜歡的蝴蝶說了什麼？我望向圖畫紙，像是在找尋答案。少女也默默地看著那張紙，但是我抬起頭時，她張開沒有顏色的嘴唇，鏗鏘有力地說道：

Now I know what Mom said that time.

我現在已經知道媽媽當時說了什麼。

「花特，迪得，西，誰？」（她說了什麼？）

You wouldn't believe.

你不會相信的。

「埃，威爾，比利甫。」（我會相信。）

我如此說道，原本低著頭的少女一雙藍色眼睛朝我看來，那眼神平靜得彷彿能看穿我的心底。我聽見輕微的吸氣聲，空氣在她體內停留片刻，接著轉變成聲音。

護理師說，她母親的病情突然惡化了。少女一聽就驚慌地跑到床邊，母親恍惚地看著天花板，少女呼喚母親，母親點點頭，從棉被裡伸出一隻手臂，然後往上抬起，指向她的工作桌。那裡放著她工作用的素描本，而且是打開的。母親指著那邊說了一些話，但少女聽不清楚，那是她最後一次聽到母親的聲音。接著母親閉上眼睛，再也沒有睜開過。

說完這些事以後，少女從背包裡拿出一樣東西。兩張長方形的瓦楞紙板疊在一起，用髒兮兮的橡皮筋以縱橫兩個方向綑住。她解開橡皮筋，打開紙板，裡面夾著一張圖畫紙。

The drawing Mom pointed at.
媽媽那時指著的圖畫。

鉛筆……不對，是炭筆畫的吧？那張圖雖是黑白的，卻像親眼所見一樣逼真。上面畫的是像柊樹一樣有著尖尖葉子的樹枝，枝上停著一隻展開翅膀的蝴蝶，翅膀邊緣有一圈黑線，跟少女剛剛畫的似乎是同一個品種。我默默地凝視整張圖良久，接著觀察每個小細節。翅膀上的鱗粉構成的圖案。像血管一樣分歧的細緻紋路。黑白相間的觸角。纖細而有力的六隻腳。如大頭針一般的圓眼睛反射出小小的光點，彷彿知道某些祕密。

「涅巴？」（從來不會？）

「涅巴。」

Even when Mon died, he was smiling.

連我媽媽死掉的時候，他也在笑。

少女點頭，接著她跟剛才一樣靠著圖畫、比手畫腳和簡短的句子說起當時的情況。我們雙方都漸漸抓到訣竅了，所以溝通比先前更順暢。

「瑞利？」（真的嗎？）

那是三個月前的事。

有一天少女放學回家，像平時一樣走進家門，卻聽到母親的臥室傳來喀嚓喀嚓的聲音，那是護理師在打針的聲音。如果她突然闖進去，可能會害他分心失手，所以少女站在門邊等聲音停止了，才放輕腳步走向母親的臥室。她用兩根手指在桌上表演了自己慢慢走路的模樣，一邊歪起腦袋，不知是在表示她當時也歪了頭，還是突然想起某件令她在意的事。我還來不及發問，她就做出用一隻手開門的姿勢。

Then he smiled at me.

那時他對我微笑了。

145

我也複誦了一遍。我平時明明也是這樣發音的，此時聽起來卻格外詭異，讓我忍不住笑出來。我本來期待少女會跟我一起笑，但她還是掛著同樣的表情。

不過我終於理解了，她從一開始就聽得懂我的日式英語，或許是因為那位護理師也是這樣說話的。那位護理師既然能在愛爾蘭工作，即使發音不完美，英語一定說得很好。有很多人雖然發音不標準，還是能說一口流利的英語。

我正想問那個人是從哪個國家來的，但少女先開口了。

所以我至今仍然不知道那位男護理師是哪國人。

He speaks like you, but he's not like you.

他說話跟你很像，但他和你不像。

「……歪？」（為什麼？）

He never looks sad.

他從來不會表現出悲傷。

我又看看畫在筆記本上的護理師，他的表情確實很柔和。那是在將死之人的身邊不太可能看到的安詳笑容。

插畫家。

她是說自己的繪畫才能是遺傳的嗎？還是因為她一直模仿母親畫畫？少女放下鉛筆，一臉不耐地遞出筆記本，我接了過來，湊近又拿遠，看了好一陣子，我又想再看看其他的圖畫，於是慢慢地一張一張往前翻。並肩站在屋子裡的少女和阿姨。躺在床上的母親和拿著針筒站在一旁的男護理師。這時少女突然從桌子對面伸手過來，指著男護理師的臉。

He speaks like you.

他說話跟你很像。

這是什麼意思？

「賴克，咪？」（跟我很像？）

少女盯著我的臉，沒頭沒腦地突然說了一句：

「愛斯庫利姆。」（冰淇淋。）

她這句話的發音有著濃厚的亞洲口音，或者該說是日本口音，聽到白人少女說出這種口音就像在西餐廳裡吃到茶泡飯一樣奇怪。

「愛斯庫利姆。」

把筆記本翻到下一頁，像是要遮住先前的圖畫，接著又開始畫另一張。

這次的圖和先前的都不一樣，從那細緻的線條就看得出來。她是在展現自己的真本事嗎？

紙上逐漸出現一隻蝴蝶，和真正的蝴蝶一樣栩栩如生。線條和陰影逐漸堆疊，如同拍立得照片那樣慢慢顯現。小孩子畫的蝴蝶不是闔起翅膀就是完全展開翅膀，但她畫的兩種都不是，最精準的形容應該是翅膀正要歇息。沒錯，不是準備起飛，而是正要歇息。我說不上來是什麼理由讓我這麼認為，總之我感覺到的就是這樣。這蝴蝶是用鉛筆畫的，當然看不出顏色，翅膀的邊緣有一圈厚厚的黑色。不知道這是什麼品種的蝴蝶，真想看看上色後的模樣。要是真的看到，我說不定會失望，因為這幅鉛筆畫已經夠精緻了。

「歪，阿爾，由，古豆，阿特，卓印古？」

基於單純的好奇，我問少女為什麼這麼擅長繪畫，她一邊動著鉛筆一邊回答了簡單的兩句話。

My mon.

我媽媽。

Illustrator.

某天萬右衛門請一位女孩來家裡，她名叫阿稻，和我眼前的女孩差不多大。瘦瘦小小的阿稻用平靜的語氣述說了家人接連死去的事，先是父親生病過世，不久之後母親也病死了，像是追隨父親而去，接著哥哥發燒臥病不起，在母親過世四十九天時，哥哥躺在床上伸出手指大喊：

——媽媽在那裡！

哥哥的病情很快地惡化，嚥下了最後一口氣。

阿稻說完這個詭異的故事，準備起身離開，赫恩還有事情要問萬右衛門，就移到阿稻先前坐過的地方，但阿稻驚慌地對萬右衛門說了些話，萬右衛門用英語告訴赫恩說：

——她叫你要先拍拍坐墊。

赫恩詢問理由，萬右衛門回答：據說坐在殘留某人餘溫的地方，會吸收那人所有的悲哀，阿稻很相信這件事，所以叫他一定要先拍一拍坐墊。

但是赫恩沒有依言做出消除厄運的動作，而是直接坐在留有她餘溫的坐墊上。

萬右衛門見狀就說：

——阿稻，大爺願意接收妳的悲哀喔。

「雷伊，阿爾，貝利，古豆。」（這些很好。）

我讚美少女畫的圖，一邊對她露出微笑，她卻垂下嘴角，含糊地搖了搖頭。她

My aunt's house.

我阿姨家。

房子裡沒有畫出阿姨以外的人，意思是她一個人住嗎？我正在看那張圖時，少女放下鉛筆，用手指在桌上做出走路的動作，然後拿起鉛筆，在阿姨的旁邊畫上自己的模樣。

「立補，土給惹。」

「喔喔……立補，土給惹。」（住在一起。）

她大概是說三個月前母親過世後，她被阿姨收留了。

少女又動起鉛筆，在屋子裡畫了一個小小的長方形和幾個圓形，看起來像是紙鈔和硬幣。她在那些東西上打了大大的叉，用一種既非難過也非絕望的平淡語氣說「諾，曼尼」（沒有錢），然後拿起桌上的紙杯搖了搖。

So I'm doing this.

所以我要做這種事。

面對著這位少女，令我想起了赫恩寫的「Ningyo-no-Haka」（人偶之墓）。那是隨筆風格的短文，講的是老人萬右衛門家裡發生的事。

的，其實我幾乎全都聽不懂。在路邊隨口交談我還應付得來，更複雜的內容就沒辦法了，因為我分不出b和v、l和r，而且每個單字好像都黏在一起。這時我想起了筆記本，用寫的我就能看懂了。我把筆記本和鉛筆遞給少女，請她寫下來。

結果少女沒有在筆記本上寫字，而是畫了圖。

每張圖都畫得很好，她一定很喜歡畫圖吧。在畫畫的時候，她根本忘了冰淇淋的存在，緊抿著嘴，高高的鼻子發出呼吸聲，專心一致地動著鉛筆。畫到第三張的男人時，她原本畫了中分的髮型，但她突然停下來看著半空，又改成三七分的髮型。每畫完一張圖，她都會指著畫中各個地方慢慢講解，讓我覺得自己像個小孩。

第一張畫的是少女和父母。

第二張畫的是父親沉到海底。

第三張畫的是生病的母親和男護理師。

如果我理解得正確，少女的父親在她開始上學之前就死在海中了。母親是在三個月前生病過世，隆冬之時，她在自家床上迎接了死期，而不是在醫院。少女不知道母親的病名，只說她接受治療後掉光了頭髮，大概是和我妻子一樣得了癌症吧。

此時少女開始畫第四張圖。

方形上面疊著三角形的簡單房子裡有個胖胖的女人。畫完之後，她指著圖畫說：

我逃避似地轉移目光，無意看見路邊的招牌。那個彩色招牌做成三層冰淇淋的形狀，招牌後方的細長店面裝飾得更加五彩繽紛。

我指著那間店，生平第一次用英語說了謊。

我告訴少女說我正要去吃冰淇淋。

「賭，由，望特，禿，康姆，額隆？」

我問少女要不要一起來，她有些愕然地後仰並注視著我，隨即轉開了臉，她看的方向就是那間五彩繽紛的冰淇淋店。

（三）

我的筆記本不久前還是一片空白，現在多了幾張圖。

第一張是長髮女孩，身邊站著面帶笑容的男人和女人。

第二張是男人躺在深深的水底。

第三張是躺在床上的消瘦女人，旁邊站著一位拿著針筒的年輕男人。

我走進店裡，和少女一起在櫃檯點了冰淇淋，然後拿著各自的杯子走到桌邊，面對面坐下。我點的是巧克力冰淇淋，她點的有好幾種顏色，上面還灑了一些顆粒狀的東西。坐下以後，我比手畫腳地問起少女為什麼要上街乞討，她一邊用湯匙挖冰淇淋一邊詳細地解釋事情經過，不過所謂的詳細只是我從她說話時間的長度判斷我聽懂了她的英語，但還是感到不解。少女說的是「They all go to my aunt.」（全部都要給我阿姨）……意思是她的阿姨會拿走她討回來的所有零錢嗎？

「由爾，安特？」（妳的阿姨？）

「耶斯。」（是的。）

她用平淡的眼神看著我，像是在說「那又怎樣？」。

我記得這個表情。

在將近四十年的教職生涯中，我的班級裡出現過很多家庭有問題的學生，我看過被父母遺棄而住進兒少安置教養機構、又在機構遭到嚴重霸凌的女學生，也看過因母親死於車禍而自暴自棄、開始和不良少年廝混的男學生。他們在學校裡都會裝出一副若無其事的模樣，絕對不會主動找老師商量，就算我去關切，他們也只會閉緊嘴巴，什麼都不告訴我。他們不相信老師嗎？或者只是不相信我？

有一次多虧其他老師的幫忙，讓學生的狀況開始改善，但大部分的情況我都是無能為力，不知所措地拖拖拉拉，拖到那些問題學生都畢業了。自己的無力和拖延令我懊悔不已，即使已經退休，那些懊悔仍像冰冷的瘤殘留在心中。當學生搖頭說自己沒問題的時候，心中一定默默地期盼著自己的謊言被看穿……不，他們一定希望能看穿這些謊言的人來當老師吧。

我盯著眼前的少女蒼白的額頭，胸中冰冷的瘤漸漸擴大。我很想為她做些什麼，但她大概只希望我把零錢放進紙杯吧。

少女說得很慢，所以連我也聽得懂。她誠實的回答讓我很驚訝，更令我驚訝的是自己竟然很自然地說了英語。是剛才那通電話增加了我的信心嗎？還是因為對方是個孩子，所以我的舌頭突然靈光起來了？當然，就算舌頭靈光起來也不會讓我的發音變得更標準。

「歪，堵由，普立添豆，禿必，額，侯母雷斯？」

我順勢問了少女為什麼要裝成遊民，她的眼神卻突然變凶。仔細想想，她的反應很合理，因為她已經說了自己不是遊民，根本沒有假裝的意思。

「埃姆，搜瑞。」（對不起。）

為了彌補我的失言，我拿出了錢包。零錢包裡有一大堆硬幣，都是在餐廳之類的地方付帳累積而來的，因為硬幣很不好數，我總是用鈔票付帳，零錢就越積越多了。乞丐都會找觀光客要錢一定也是因為這個原因吧，他們都知道觀光客的錢包裡面有很多零錢。

猶豫片刻，我拿出兩歐元的硬幣放進紙杯，換算成日幣大概是兩百圓吧？

「花特，賭，由，由斯，里斯，佛爾？」

我問少女要怎麼使用這些錢，她搖搖頭。我以為她聽不懂我的英語，結果並不是這樣，她依次指向紙杯和空無一物的地方，回答「雷歐勾禿買安特」。

「……搜瑞？」（抱歉？）

「雷伊，歐魯，勾禿，買，安特。」

們是要用紙杯裡的零錢和我交換某些東西，但我隨即想到 change 指的是零錢。簡單說，他們是乞丐，想要跟我討些零錢。

我在圖書館看的觀光書籍提過都柏林有很多乞丐。他們都說自己是遊民，事實上八成的人有自己的家，只是因為向觀光客乞討可以賺很多錢才裝成遊民，這些假遊民不只把觀光客給的錢當作生活費，還會拿去買酒或是不好的藥物。甚至有人專門做這些假遊民的生意，早上開巴士去這些人的家裡，把他們載到市區，傍晚收了費用之後再把他們載回家。

話雖如此，這還是我第一次遇到小孩來乞討。我疑惑地看著少女，她只說了兩個簡單的單字，搖一搖紙杯。

「勸吉，普立斯。」（零錢。拜託。）

經過的路人都紛紛瞄向這裡。

「阿爾，由，額，侯母雷斯？」（妳是遊民嗎？）

我配合少女視線的高度蹲低身子問道。她的脖子上戴著像是手工製作的項鍊，一條皮繩上掛著細鐵絲，細鐵絲緊緊纏著一塊黃綠色的玻璃片，少女搖頭時，玻璃片也跟著左右搖晃。

I'm not a homeless.

我不是遊民。

廢寢忘食地看書，到時我打算再次重讀赫恩的所有著作，我已經先把那些書搬出壁櫥，堆到房間角落，為了讓這份老年享受增添滋味，所以我才一個人跑到愛爾蘭旅遊，但我這三天卻過得和日本的獨居生活沒啥兩樣。

越過車水馬龍的道路，我來到了把都柏林劃分成南北兩區的利菲河，聽著路人口中英語形成的背景音效走過狹窄的橋，這裡是都柏林的市中心，路邊有幾間小小的酒吧，目前當然還沒開始營業。我停下腳步，窺視玻璃窗內，看見了供應健力士黑啤酒的啤酒機和擺著愛爾蘭威士忌的櫃子，木製櫃檯反射著室外照進去的微光，像老電影裡的洋槍一樣發出光澤。我一邊享受異國情調一邊看著店內時，背後的地面發出聲響，好像有人站在我後面，但我從玻璃的反射卻什麼都看不到。我提起戒心，轉身一看。

眼前出現白色的紙杯。

從下方遞出紙杯的是一位少女。她背著髒兮兮的粉紅色背包，雙手捧著紙杯，依照日本的學制，她大概是小學高年級生，短短的金髮紮成很多束，看起來就像小孩畫的太陽。少女鼓起布滿白細汗毛的臉頰，抬頭凝視著我。杯底躺著幾枚硬幣，有歐元也有歐分。

這三天我已經遇過相同情況兩次了。

第一次是年輕男人，第二次是老婆婆。

他們都講著一樣的句子，我從其中聽出了 change 這個單字。起初我還以為他從大腦到腰部都有一種麻麻的感覺。吃過晚餐後又繼續讀，一邊查字典一邊沉浸於書中，晚上躺進被窩，心情依然亢奮不已，彷彿在宣告有什麼開始了，讓我久久無法入睡。

在學校裡也一樣，上課前或下課時間我都會抓緊時間把《Kwaidan》拿出來讀，細細地品味那些因赫恩而流傳於世的怪談，諸如〈The Story of Mimi-Nashi-Hoichi〉（無耳芳一的故事）或〈Yuki-Onna〉（雪女）。這些全是現代日本無人不知無人不曉的故事的原文。當時同學們都忙著享受所剩不多的高中生活，只有我一個人像是掌握了寫著全世界祕密的設計圖。

快要畢業時，我終於讀完了《Kwaidan》，那時我覺得自己有一部分已經變成別的色彩。進了大學後，我繼續找赫恩的原文書來看，而且一再重讀，每次閱讀我都不禁感嘆他的文字之美，以及對日本文化的洞察力。當我發現赫恩的經歷和我有些驚人的共通點，我甚至感覺他在文學上的成就如同我自己的成就。幼年時經歷了父母離婚，被父親拋下，由親戚撫養長大。赫恩在十六歲時玩旋轉鞦韆傷到了左眼，他終生都對這隻白濁的眼睛感到自卑，所以拍照時一定會用手遮住左眼，或是只拍右臉。我的左眼因上了年紀而出現白內障，也讓我感到和赫恩又多了個共通點，我還不至於為此感到開心，但至少能感慨地接受事實。

白內障一直放著不管，可能會惡化到無法動手術，所以一定要找時間去治療。如果手術順利，這隻越來越不便於閱讀的眼睛就能恢復視力，我可以再像從前一樣我選擇來這裡旅遊有兩個原因。

第一是因為安全，都柏林的治安在世界各國首都之中是數一數二的，犯罪率很低，連警察都不會隨身帶著手槍。我來都柏林之後看過幾個穿制服的警察，他們的腰間都沒有掛著像配槍的東西。

另一個原因是我從學生時代開始崇拜的拉夫卡迪奧・赫恩。

都柏林是文藝之城，《吸血鬼德古拉》的作者伯蘭・史杜克和《莎樂美》的作者奧斯卡・王爾德都是在這裡出生的，《格列佛遊記》的作者喬納森・斯威夫特也是在這裡讀大學，而拉夫卡迪奧・赫恩是在這裡度過童年時光。

愛爾蘭保存了濃厚的古代凱爾特文化，人們都很相信妖精或靈異的事物。既然連現代都是如此，在赫恩的時代一定更明顯。有一些研究書籍提到，赫恩整個童年都生活在這種文化中，或許就是這種經驗培養出他對超自然事物的興趣，也直接影響到他在文學上的成就。赫恩離開都柏林後遊歷了世界各地，最後到達日本，決定在此定居，還歸化為日本籍。明治時代後期，他用小泉八雲這個名字發表了名著《怪談》（Kwaidan）。

我永遠忘不了和赫恩相遇，是在高三第三學期住在東京荒川沿岸的叔叔家的時候，當時我已經決定大學要讀英文系。某天我在舊書店的外文書區看見平裝版的《Kwaidan》，我在學校的英文課才剛讀過這本書的簡編版。

回到叔叔家後，我在客廳角落讀起《Kwaidan》，立刻被赫恩的文字深深迷住，

『Thank you, have a nice day.』

這句我聽懂了。

「三Q。」（謝謝。）

放回話筒後，我的手好一陣子都動彈不得。我清楚感覺到完成了一次英語會話的振奮感逐漸充滿全身，清楚得像是肉眼可見。

但我不能繼續待著，因為我回答的是「現在」，飯店員工立刻就會來打掃。我趕緊站起來，把泡麵碗丟進垃圾桶，再用幾張衛生紙蓋起來，迅速地上完廁所，然後逃命似地離開了房間。

（二）

每次看到地圖上的愛爾蘭島，我就會聯想到襁褓中的嬰兒。

以國界為分界，上方的北愛爾蘭是嬰兒的臉，下方的愛爾蘭是襁褓，而右邊的大不列顛島就像站在一旁的母親，正準備抱起嬰兒。我只是藉著這些島嶼的形狀而想像出這個畫面。

日本現在正是櫻花飄落的時節，都柏林還很冷，但是走在陽光之中會晒得肩膀暖洋洋的。這裡的緯度比北海道更高，但氣候不算嚴寒，這是因為有暖流經過島的周圍。

的泡麵。聽說出國旅遊都會變胖，我卻反而變瘦。醫生還叫我要吃胖一點，我卻更瘦弱了。

我看著泡麵碗，麵條排列而成的「ＳＯＳ」已經在碗底散開，我毫無意義地繼續盯著看的時候，電話鈴聲響了起來。我緊張地轉頭望向桌子，卻沒有看到電話。不對，電話就在桌子的左側。我左眼的白內障越來越嚴重，視線也越來越模糊。

我停頓片刻，伴隨著胃袋揪成一團的感覺拿起話筒。

「……哈囉？」

我自己的聲音理所當然地在耳邊大大地響起。

電話另一頭是個年輕男性，大概是飯店的員工，他很客氣地用我聽不懂的英語說了些什麼。我一語不發，像是舌頭凍結了。對方又說了些什麼，麻煩的是，那聽起來顯然是一個問句。

『花泰啾萊卡斯圖令牙路？』

我聽起來像是這樣。

「……搜瑞？」（抱歉？）

『花泰，午啾萊卡斯，圖克令，牙路？』

我思索幾秒，才領悟了他說的是「What time would you like us to clean your room?（請問您希望我們何時打掃您的房間呢？）」。

「喔喔……鬧，普立斯。」（現在，麻煩你。）

她會作何感想？

教學用的課本就不用說了，我從學生時代就喜歡看英文書，所以用寫的我都看得懂，但是用說的就不行了，學過的文法和背過的單字全都派不上用場。我本來就知道自己有這方面的問題，可是一個人來到國外就更深刻地體會到自己的會話能力是多麼不足了。沒人會對我放慢語速，愛爾蘭人口音又很重，我幾乎連一個單字都聽不懂。我只有在圖書館看過愛爾蘭觀光書籍說愛爾蘭人口音非常重，根本不知道實際情況這麼嚴重。

我計畫只待一個星期，但前天和昨天都是縮頭縮腦地在飯店附近漫步，為了記錄異國所見所聞而準備的新筆記本到現在還是一片空白。我試著鼓起勇氣走進餐廳，話語卻像石頭一樣梗在喉嚨，點菜也只能用指的。頭髮梳得整整齊齊的服務生用極快的語速問了些什麼，我假裝聽懂，點頭回答「耶斯耶斯」（Yes, yes.），於是送來了附麵包的濃湯和麵包。我吃不完麵包，正在考慮帶回飯店時，同一位服務生又跑來問了些什麼，我只聽懂「working」這個詞，以為他是在問我是不是來這裡工作，就搖頭回答「諾」（No.），於是他把麵包收走了。我後來才想到，他可能是問「Are you still working on it?」（您還要繼續用嗎？），但我想到時已經回飯店了，這時才想到也於事無補。

我越來越覺得自己很丟臉、很可悲，到了第三天，我連房間都不想出去，所以把「DO NOT DISTURB（請勿打擾）」的牌子掛在門上，寂寞地吃著從日本帶來

「Soreha Otaku Shidai。」（註8）

這句冷笑話曾經讓無數學生露出苦笑，如今只是在無人的旅館房間裡空虛地迴盪。我抬眼一看，邊桌上的鏡臺映出了窩囊到嚇人的臉孔。

這是我這輩子第二次出國旅遊，第一次已經是將近二十年前的事了，那次是因為侄子在夏威夷辦婚禮，所以我和妻子一起申請護照、搭上國際航班。依照工作資歷來看，當時的我已是資深英文教師，但我在夏威夷的期間幾乎沒說過一句英語，因為我都是和親戚同行，活動的範圍也很小，所以去哪裡都可以說日語。

我們夫妻倆都過了五十歲後，妻子說等我年滿退休就要兩人出國旅遊，一起呼吸異國的空氣，欣賞和日本不同的景色，和當地人往來，慢慢思考後半生要怎麼度過。可是兩年前，離我退休還剩兩年時，妻子被診斷出大腸癌，癌細胞大量轉移到肝臟，她就這麼去地圖上找不到的國度旅遊了。沒有孩子的我變成了孤零零一個人，窗邊那盆白色五瓣花朵的盆栽或許是被妻子帶走的，沒多久就枯萎了。我老是記不住它那個片假名寫的冗長名字。

我放下泡麵碗，看著失去光澤的銀質婚戒。如果現在妻子在我身邊，她會露出怎樣的表情呢？她若是看見當了一輩子英文老師的丈夫在機場或飯店一遇到外國人就驚慌失措，完全想不起滿腦子的英文文法，在這麼冷的季節還緊張到滿頭大汗，

註8　「這事，由你，作主」的日文讀音。

報導寫到，獻花臺上堆滿無數花束。

十歲少女橫屍街頭。旁邊的人發現少女趴在地上，急忙跑過來看的時候，她已經沒了呼吸。

報導裡附有她生前的照片，樹葉篩落的陽光灑在少女的額頭上，她露出微笑，渾然不知即將發生在自己身上的事。

我知道是誰害死了少女。

只有我一個人知道。

但是，我大概一輩子都不會說出來。

（一）

喝完泡麵的湯汁後，碗底出現了「ＳＯＳ」的字樣。

我兩手捧著碗，慢慢直起上身。即使退到老花眼能聚焦的距離，我還是看見碎掉的麵條排列成「Ｓ」、「Ｏ」、「Ｓ」。

這是什麼的縮寫呢？我一邊擦拭嘴角的湯汁，一邊回想。對了，我在學生時代聽英文老師說過，這個縮寫的意思是「Save Our Souls」（拯救我們的靈魂）或「Save Our Ship」（拯救我們的船）。我在大學畢業後也成了英文老師，在國中任教將近四十年，卻從來沒有查過哪一種說法才對。

沒有笑容的少女之死

164

不能飛的雄蜂之謊言

小學四年級時，我在回家途中的坡道上看到一隻雄琉璃灰蝶從眼前掠過。我立刻去追那隻描繪出藍白色軌跡的蝴蝶。

可是我才追了幾秒，就不小心被路邊的樹叢絆倒，滾下長滿雜草的山坡。山坡上有個破酒瓶，碎片割傷了我的右大腿，血把裙子染成一片鮮紅。我嚇得連哭都哭不出來，此時正好有個和我年齡相仿的男生路過，他趕緊跑去附近的住家敲門求救，後來我被救護車送到醫院，傷口縫了十四針。

隔天我請假在家休息，但我卻在傍晚瞞著媽媽偷溜出去。我心想，那隻琉璃灰蝶或許又會出現在坡道上。我撐著拐杖走到坡道，沒有找到琉璃灰蝶，卻看到昨天的少年在山坡上，他仔細地一塊塊撿起酒瓶碎片，放進一個髒兮兮的塑膠袋。我很想幫他的忙，也想向他道謝，但又不好意思開口，只能默默站在一旁看著。

過了一會兒，少年沒有看我一眼就往山坡下走，自言自語地說道。

——如果沒有酒就好了。

（一）

我坐在客廳的榻榻米上，望向田坂手上的菜刀，按著挨打左臉的手毫不顫抖。以前每次挨打我明明都會抖個不停。

腦袋也非常冷靜，我還能清楚感覺到左臉的熱辣漸漸擴散到手心，如同熱水慢慢滲透到海綿裡。

大概是因為我已經放棄了某個重要的東西吧，我不確定是自己的人生還是性命，但我覺得兩種都差不多。

可能是太冷靜了，我發現一件奇怪的事。田坂的眼神和肢體動作看起來比平時更醉，但他身上的酒味反而更淡了，是因為呼吸短促嗎？但他的呼吸頻率和平時差不多。還是因為他換過衣服？不對，田坂身上穿的仍是他傍晚搖搖晃晃出門時的皮外套和黑色運動衫。

「我很可怕嗎？」

我搖了搖頭，田坂發紅的臉頰立刻漲了起來。

或許我應該點頭才對，因為田坂這一連串行為都是為了讓我害怕，包括他深夜才回家、把我從床上拖起來、特地先開燈再賞我耳光，而且他見我既不驚慌也不發抖就去拿了菜刀。這一切都是為了讓我害怕，好讓他覺得自己高高在上又強大。

「都是妳毀了一切。」

田坂的眼鼻揪成一團，面目猙獰地朝我逼近，因為太用力，指向我的菜刀尖端還微微地顫抖。

「是妳把我的人生搞成這樣。」

這裡是公寓的一樓，這也是我至今無論遭受到任何事都不喊叫的原因。不過，窗外就是小巷，如果我放聲呼救，會不會有人幫忙報警呢？我第一次想到這個可能性。話雖如此，就算有人去報警，我大概還是會被刺死。可能在警察趕到之前，或是在我喊叫之後，那把菜刀就會捅進我的身體。田坂的暴力程度與日俱增，至此已經爆表，恐怕連他自己都控制不住。

我現在究竟該怎麼做？

無論是童年時代、學生時代，或是在大學工作時，都有人說過我思考時的撲克臉很嚇人。我不曾在思考時看過鏡子，所以不知道自己的表情是怎樣，但別人一定都覺得很不愉快，雖然他們沒有直說，但他們提到這件事時都帶有指責的語氣。仔細一看，在我眼前拿著菜刀的田坂膨脹的臉上也充滿了怒容。

「妳這臭女人……去死吧！」

魁梧的身軀猛然逼近，在我的視野中變成特寫畫面。我曾經迷戀過這副軀體，曾經在這身體之下喘息，如今那一切都像是假的。在田坂開始對我施暴之後，他進入我體內的那部分和他對我揮下的拳頭或巴掌沒啥兩樣，唯一的差別只在受傷的部位在體外或是體內，僅此而已。

「我會落到這個地步，是我自己造成的。」

自己的聲音聽起來好遙遠。

「而你會落到這個地步也是……」

我發出呻吟，田坂的左手揪住我的頭髮。視野往橫一顫，菜刀反射出日光燈的光線，那亮晃晃的刀尖筆直靠近我的腹部。

我閉上眼睛幾秒，卻什麼都沒發生。

我睜眼一看，田坂驚訝的臉孔近到幾乎貼在我的臉上，後面還有另一張臉，那張臉同樣驚訝地睜大雙眼。我大概也露出了和他們兩人相似的表情，因為竟然有個陌生男人毫無預兆地出現在我們家裡，而且從後方架住了田坂的雙手。

田坂的黑眼珠拚命移到眼窩的左邊，慢動作似地轉頭，兩人的眼睛靠得極近。

接著田坂發出野獸般的咆哮扭動上身，似乎想要轉向那人，但那人依然緊抓著他，兩人一起轉身，把榻榻米踩得砰砰作響。穿著一身工作服的男人背向我，田坂再次嘶吼著扭動上身，把那人撞到牆上，右手掙脫了那人的掌控，手中的菜刀飛出去撞上天花板，掉在我的腳邊。右手恢復自由的田坂死命掙扎，試圖甩掉那人。緊攀在他背上的男人又瘦又小，他一定很快就會掙脫，到時我就要被揍了，就要被踹了，就要被砍了。我逃不掉的，事情永遠都不會改變。我的手握住菜刀。

轉瞬之後，刀刃被吸進了田坂的左胸。

田坂的喉嚨在我眼前發出咻咻聲，胸膛像是忍笑似地不斷顫抖，魁梧的身軀朝我倒下。我被他壓倒在地時，雙手依然緊握著刀柄，我清楚感覺到刀刃已經深入到無可挽回的地步了。

如同繪本翻頁，時間跳到下一幕。

男人坐在榻榻米上，低頭注視著田坂的屍體，灰色工作服的右手肘部分染了一片鮮紅，那是田坂抽出手臂掙脫束縛時割傷的。我從田坂的身下爬出，以趴在地上的姿勢看著陌生的男人，吸進去的空氣沒再吐出來，手腳動彈不得，肢體彷彿不屬於我。

男人轉頭看著我。

「謝謝妳。」

為什麼他要向我道謝？

「我是來殺這個男人的。」

「來殺……」

我張開了嘴巴，但喉嚨像是被嘆息刮傷，只能發出嘶啞的聲音。

男人充血的眼睛望向落地窗，我跟著看過去，看到窗簾隱約地晃動。我伸出顫抖的手拉開窗簾，發現鎖扣附近的玻璃缺了一塊半月形，十二月的夜晚寒氣從那個洞溜進房間。田坂身上散發的酒味不像平時那麼濃，是因為窗子破了洞？

「我以為那傢伙睡了，從窗戶溜進來，卻聽到開門的聲音，所以趕緊躲進脫衣間……」

男人按著血流如注的右手肘，對我鞠了個躬。

「謝謝妳幫我完成了這件事。」

這男人到底是誰？他為什麼要殺田坂？我還來不及發問，他就搖搖晃晃地站起來，那晒得黝黑的臉被籠罩在日光燈的光芒中。不管我怎麼看，都想不起來見過這個人。他的年紀看似還不到三十歲。

「這個要處理掉吧？」

「什麼……」

男人的視線掃向田坂的屍體。

「我有船可以用。」

（二）

小學三年級時，班上有個長相很可愛的女生，名字我不記得了，她很愛說話，人緣很好，頭腦聰明，笑的時候會用很成熟的動作讓頭髮拂過臉頰。事情的開端是我說她每次眨眼時，長長的睫毛都會上下擺動，像蛾一樣漂亮。如果我當時說的是蝴蝶，是否會有不一樣的結果呢？

總之她一聽到這句話，臉上的笑容立刻消失，直勾勾地盯著我，然後朝我伸出右手，丟出看不見的小石子。小石子掉到腳下，漣漪擴散到教室的每個角落，不知何時安靜下來的全班同學無一例外地受到了感染。

在那之後，我開始過著孤單一人的生活。

不過我很快就明白，這種生活既不悲傷也不痛苦，讀書學習本來就不需要其他人，放學以後我還是會像從前一樣去高地的樹林抓昆蟲。從春天到秋天，我到處揮著捕蟲網，冬天則是在傾倒的樹幹下和樹皮內側翻找，每種昆蟲都是雌雄各抓一

174

隻，用我生日收到的標本工具組做成標本。那套工具組包括放大鏡、針筒，還有紅色和綠色藥劑，紅色的是殺蟲劑，綠色的是防腐劑，我每次抓到新的昆蟲就會依序注入藥劑，再用昆蟲針貫穿身體，陳設在標本箱裡。對當時的我來說，釘在標本箱裡的東西只是「標本」，仔細想想，其實那些是屍體。

在漂盪於黑暗海洋的汽艇上，我看見男人把菜刀刺進屍體的腹部，就想起了那些事。

「這樣就不會浮起來了。」

男人拔出菜刀。這個夜晚沒有月亮，我看不見他的表情，連他的輪廓都模糊不清。男人的後方有微弱的亮光，不知道是漁火還是路燈，連海灣中央的小島都融入黑暗，不見蹤影。或許是受到潮流影響，汽艇在關掉引擎之後仍以順時針方向緩慢旋轉。

「屍體腐爛所製造的瓦斯會積在體內，使屍體浮上水面，只要在肚子上開一個洞，讓瓦斯洩出去，就不會浮起來了。」

我的腦袋蒙著一層濃霧，讓我無法正確認知發生在眼前的事，我甚至還沒清楚地意識到自己剛剛殺了人的事實。

男人隨手把菜刀丟進海裡，然後雙手架在田坂的腋下，把他拖到船緣，他看起來彷彿因暈船而嘔吐的人。

「不可以為這種人犧牲自己的人生。」

男人抓住田坂的褲子，一鼓作氣把他提起來。屍體轉了個角度，接著沉入水中。那時的水聲應該很響亮，留在我記憶中的那一幕卻是靜默無聲，不知為何，唯獨後來氣泡浮上水面的啵啵聲讓我至今都還記得很清楚。

「為什麼說是妳害的？」

男人突然這樣問我，我愕然地回了一句「嗄？」。

「他說是妳把他的人生搞成這樣。」

我張開嘴巴，卻沒辦法用簡單的一兩句話解釋清楚，而且我更想先問他問題。

「你……到底是誰？」

「我叫尼西基摩。」

男人回答得很乾脆，還用食指在船底寫了「錦茂」（註9）二字。田坂對我提過這個姓氏嗎？這姓氏很少見，如果我聽過一定會記得。我正在瀰漫著濃霧的腦袋裡搜索記憶，卻聽見站起來的錦茂發出簡短的呻吟。對了，他受了很嚴重的傷。

「你的手臂需要包紮。」

註9 錦茂的日文讀音是Nishikimo。

（三）

我從剛出生就和父母住在這個靠海的城市，不過正當我打算在大學研究室工作，在當保險業務員的爸爸正好被調職到關西，媽媽也要跟他去。我贊成媽媽的決定，因為爸爸自己一個人什麼都做不好。如果我當時沒有獨自留下來，後來的人生一定會截然不同。

城市西側的海灣是大大的「つ」字形。父母搬走以後，我在海灣北側的公寓開始了獨居生活。從南側搭公車到北側要花將近一個小時，搭船的話應該不用二十分鐘，可是北側的地價比南側昂貴，所以大家都會根據住在哪一邊來評價一個人的生活水準。在找租屋時，雖然南側的房子更實惠，我還是選了北側。我付不起太貴的房租，只能選擇離公車站很遠、屋齡又比較老的房子，即使如此我還是寧願住在北側，因為我認定自己出社會後過的生活比較適合這一區。

有人說過，能把喜歡的事當成工作是最幸福的。不過越喜歡就會有越多想像，而想像和現實通常不一致，多半是想像的世界比較美好，這種落差反而更令人失望。

我從小就喜歡抓昆蟲，於是開始學習昆蟲相關知識，學習又漸漸變成了研究。可是，研究變成工作之後，夢想和現實的差距卻令我大受打擊。

我在大學的昆蟲學研究室工作了好幾年，做的都是助手的工作，甚至不能私自使用研究器材。我向教授及副教授表達過自己想做的事，得到的回應一概是「妳還早啦」，可是和我同期的男研究員早就被指派了助手以外的工作，甚至可以跟去國外做田野調查。那句「還早啦」指的想必只有女性吧，昭和就是這樣的時代。

和田坂相遇的那年，世上發生了很多大事。在美國，喬治布希當上了總統；在德國，柏林圍牆倒塌；在日本，昭和天皇駕崩。平成時代開始，新的年號還沒用習慣，竹下內閣就變成了宇野內閣，過兩個月又變成了海部內閣，社會正值泡沫經濟時期，上班族拚命工作賺錢，電視上的能量飲料廣告詢問人們「二十四小時都在奮戰嗎？」。就算身處於如此激盪的時代，我的生活還是沒有任何變化，依然在夢想與現實的夾縫中載浮載沉，感覺隨時都會溺斃。

夏日將近的某個星期三，我在夜裡走出公寓。

腳步緩慢，表情想必死板到嚇人。在路邊的護欄之外，夜晚的海邊閃爍著仙女棒的火光，年輕男女的聲音傳來，但只能聽到母音，有點像是在水中聽到的聲音。我猶如一隻在混濁的水中游不動的日本龍蝨，漫無目的地向前爬行。

生平第一次拉開居酒屋大門時，店裡的喧鬧聲一口氣衝進我的耳中。幾個男人不客氣地盯著我看，我在櫃檯的角落坐下，彷彿在逃避那些目光。店裡充滿了菸味和烤魚味。

過了一陣子，依然沒有店員來幫我點餐，所以我悄悄地回頭，看見一位像老闆的白髮男人正在包廂裡和客人說笑。我微微地癟了嘴，在櫃檯區和我相隔一個座位的男人立刻移到我身旁的凳子。

——生切北魷很好吃喔。

那低沉的聲音像是從他穿著襯衫的胸膛傳出。

——還有烤白帶魚，如果想喝湯就選石鰈。我剛才吃過，每樣都很好吃。

我含糊地點點頭，男人立刻回頭朝老闆大喊。

——這裡要一份生切北魷。不用喝的，小酒盅再拿一個來。

直到男人在老闆拿來的小酒盅裡倒了酒，我才明白他是要把自己的酒分給我喝。

我不記得自己當時說了什麼，大概是因為我平時都是和不會說話的生物相處，很不擅長聊天，所以幾乎沒有開過口。那天晚上我得知了那男人姓田坂，住在搭電車要兩小時的鄰縣，在當地的不動產公司工作，每週三會來這個城市的門市出差。聽男人說，現在的景氣盛況空前，不動產價格飛漲，客戶卻是絡繹不絕，薪水也越漲越高。他說話的語調鏗鏘動聽，沒有半點高傲的感覺。

我從研究所畢業後一直關在研究室這個狹小的世界，田坂說的每一句話都讓我感到很新鮮，就連他請我喝的不熟悉的酒，也讓我品嘗到一種新鮮感。

——我下週也會來。

臨別之際，他指著店裡的地板，擺出大螳螂般的動作盯著我看。我覺得他好像是在約我，但又不太確定，所以下週三來這家店的時候，我只穿了普通的外出服，看到田坂坐在櫃檯邊對我笑的時候，我還露出了意外的表情。

在那之後，我們每週三都會在這間店見面，雖然我說的話還沒達到他說的一半，但至少增加到三分之一了。即使我話不多，走出店外向田坂道晚安時，喉嚨都變得乾巴巴的了。

第五次一起走出居酒屋的那天，他陪我一起走回我的公寓。

我們沉默地走在路燈等距投下光圈的小巷時，我已經做出了決定。家裡打掃得很乾淨，從小到大收藏的大量標本也都藏到壁櫥裡了。我想改變，我想改變，我想讓自己的心和身體都吸收人類的氣息。

田坂發現我是第一次時，露出了喜不自禁的表情。

在那一夜之後，他每週三都會來我的公寓，而我下班回家途中都會去超市買食材，為田坂下廚，兩人親熱過後就同床共枕到天亮。如果不能見面，我們也會打電話。長久以來獨自在深水底下生活的我還能感受到人類的味道和溫度，讓我非常開心。寧靜的水底被這動盪攪得混濁，也讓我非常開心。但我完全沒想到，這片混濁最後會擴散到每個角落，讓我的水域再也無法恢復原本的顏色。

——公司薪水再怎麼漲也是有極限的。

在年關將近時，田坂說打算把存款全拿去買股票。

我對金融理財一竅不通，只覺得田坂的主意一定不會錯，想都沒想就同意了。

下週三，田坂來到我的公寓，立刻告訴我股票很快就大幅上漲。他眼神熱切地不斷說著這是史上最高值，我一邊聽，心中一邊浮現了對未來的溫暖期待。

可是才剛過完年，所有媒體都在報導股價急速崩盤的新聞。

田坂慌張得像是變了個人，待在公寓的時候一直目不轉睛地盯著電視新聞，而我只能撫摸著他的手臂，一再地說「沒事的，沒事的」，但我覺得這話彷彿是說給我自己聽的。

股價持續下跌，田坂也變得越來越寡言，偶爾發出的喃喃自語既細微又低沉，像是胸中潛伏著一群胡蜂。就連他趴在我身上時，動作也粗魯得如同洩憤，就像是他後來向我施暴的預告。但我覺得，我既然沒辦法為他做什麼，默默忍受也算是對他的體貼吧。

接下來，泡沫經濟開始崩壞。

當媒體不斷報導股價暴跌之時，田坂和我斷了聯絡，他不再來我的公寓，我打電話去他家他也不接。某天傍晚，他愣愣地站在我家門外。此時正是黃金週，我才剛從高地的圖書館查完資料回來。雖然他沐浴在夕陽餘暉中，看起來卻陰暗得像一條黑影。

田坂說，他工作的不動產公司倒閉了。

——我連房子都沒得住了。

他住的公寓是公司提供給員工的單身宿舍，由於公司倒閉，他必須搬走了。

那天晚上，田坂做了很久都沒有停下來，直到窗簾外面開始泛白時，我才感受著下身的隱隱作痛而入睡。才過了三個小時，我就被門鈴叫醒，原來是貨運公司送來了田坂早先寄出的行李。他的家具全都便宜變賣了，所以行李只有一點點。

事情發生至今，並沒有經過多久。

但我已經記不清他第一次揪住我頭髮，還有他第一次打我耳光的情景。痛楚的回憶像風箏串逐漸飛遠，尾端的風箏已經模糊到看不見，但所有風箏還是牢牢地繫在我身上，當我意識到時，風箏線已經綑緊我的全身，深陷肉中，令我動彈不得。再這樣下去，如果不是我被線勒斷，就是線被我繃斷。可是，那天晚上菜刀掉到我面前時，我又想到了另一個方法。

回過神來，我已經親手執行了這個方法。

「我怎麼想都想不通⋯⋯」

錦茂一邊檢查吊著手臂的三角巾，一邊露出思考難題的表情。可能是因為落地窗的破洞，房間裡非常冷。

「為什麼是妳造成的？」

「都是因為我一直跟他說『沒事的，沒事的』⋯⋯」

「妳是說股票的事嗎？」

我還沒回答，錦茂就哈哈大笑，蓋在他身上的毛毯滑落，露出了穿著T恤的上身。

「賭博輸錢是他自己造成的吧。」

我從未想過買股票是在賭博。過去我一直覺得田坂是因為遭遇不幸才變了個人，也覺得是自己沒有妥善地對應才會變成這樣。

「說起來妳和我都很可憐呢。」

錦茂消瘦的臉上帶著笑容，把毛毯披了回去。這個人真的才剛把菜刀刺進屍體，棄屍在海中嗎？我明明目睹了全程經過，他此時的態度卻輕鬆到令我難以置信。幫他消毒傷口、捆上繃帶、綁三角巾吊起他的手臂時，我一直在發抖，直到現在都還沒緩和下來。

「有沒有紙箱之類的東西？」

錦茂用下巴指向破掉的落地窗。

「我要把那裡堵起來。太冷了。」

我打開壁櫥，拉出收納夏季衣物的紙箱。錦茂光靠左手靈活地撕下蓋子，用膠帶貼在窗上的洞。落地窗外是一道樹籬，從小巷應該看不到這個克難的修補痕跡。

「你為什麼……要殺田坂？」

我好不容易才問出這個問題。

「你跟他發生了什麼事？」

錦茂站在窗邊，目光轉開，眉毛挑起，就像孩子的惡作劇被發現時想要打馬虎眼的態度。

「我不能說。」
「請你告訴我。」
「告訴妳又能怎樣？」
「至少告訴我你是什麼人吧。」
「什麼人？」
「像是做什麼工作之類的……」
「我是捕鰹魚的。」
我事先沒有任何具體的猜想，但這個答案還是令我很錯愕。我幫他包紮時確實發現他穿著T恤的上身非常結實，他駕駛汽艇的時候也很熟練，可見他經常出海。
「我大多都待在船上，現在是漁閒期，所以才在岸上。」
錦茂說完以後就一屁股坐在窗邊，他的動作很突然，彷彿雙腳突然消失，而且他的眼睛似乎失去了焦點。我心念一動，走過去摸摸他的額頭，竟然燙到不像人類體溫會有的熱度。
「先躺下來吧。」
或許是受傷引起了發炎。我幫他包紮時也注意到他的右手臂燙得像火在燒，沒想到這熱度已經擴散到全身了。
「不用了，沒事的，沒事的。」
但我把錦茂帶到還沒收起的床鋪前，他立刻昏倒似地躺下來。我幫他蓋上毛毯和棉被，還是覺得不太夠，雖然窗上的洞堵起來了，但只是用紙箱克難地擋一下，屋內還是很冷。我又拿出一件夏天用的被子，幫他蓋上。錦茂面帶苦笑，喃喃說著「抱歉」，但他的語氣和表情都透露出先前輕鬆自在的態度只是裝出來的。

接著錦茂閉上眼睛，臉上的苦笑漸漸消失，沒多久就睡著了。

我站起來把天花板的日光燈切換成小燈泡，然後才赫然發現自己沒地方睡了。這個小小的失策就像一滴小水滴落入一杯滿到杯緣的水，讓我頓時開始掉淚。我雙腿發軟，癱坐在榻榻米上，一邊用嘴巴呼吸，一邊強忍著嗚咽，淚水撲簌簌地落在緊握於腿上的雙手。

我哭著躺下來，鑽進棉被一角，累到極點的四肢在棉被裡像方糖一樣融化，我漸漸無法思考，就這麼陷入了沉眠。

（四）

天剛破曉時，出現了第一輛警車。

我從兩層棉被裡爬出來，掀開半腰窗的窗簾一看，警車正從海邊道路非常緩慢地從左行駛至右。我一見狀就嚇得心臟冰涼，抓著窗簾一角愣在原地。

「只是出來巡邏的。」

錦茂站在我的背後。

「可是，我從來沒看過警車那麼慢地在這一帶行駛。」

「只是妳沒見過罷了。」

田坂的屍體真的沉到海底了嗎？警察是不是已經把那具腹部開洞的屍體打撈起來，開始搜捕凶手了？就算警察沒有找來這裡，也不能保證田坂的屍體沒有被找到，或許只是因為他沒跟別人說過他住在我家。

我回想昨晚的事。我把刀刺進田坂胸口後，錦茂說要去開船，丟下我和屍體就離開了，再回來時已經過了三十分鐘左右，門口多了一臺在工地很常見的手推車，還有摺成長方形的藍色塑膠布。錦茂把田坂的屍體搬上手推車，蓋上塑膠布，接著我們把手推車推上漆黑的小巷。在錦茂的帶領下，我們專挑沒有路燈的路線到達海邊，那艘汽艇正停在棧橋最近的地方。出海棄屍回來後，錦茂叫我先回家，又過了三十分鐘左右，他才回公寓包紮傷口。他說手推車和塑膠布已經送回工地了……

「那汽艇呢？」

「藏在沒人找得到的地方。血跡什麼的也都擦乾淨了，不會有事的。」

我打開電視，轉到新聞頻道，盯著螢幕好一陣子，但看到的全是經濟不景氣的話題。田坂的屍體沒有被發現嗎？或者只是還沒被媒體得知？還是說，媒體根本沒興趣報導屍體被沖上岸這種小事？

「妳得像平時一樣生活才行。」

我看看牆上時鐘，已經到了該出門上班的時間，我趕緊去做準備。出門之前，我叮嚀錦茂不要出去，因為他還沒有退燒，其實我擔心的是回來以後只剩我孤單一人。

傍晚下班回家，我先去藥局買了止痛藥才回公寓。

正要進門時，我看見一輛警車從巷口經過。

「大概是附近遭了小偷吧。」

錦茂躺在棉被裡虛弱地笑著說。

「海港附近的住宅經常沒有男人在，所以小偷比其他地方更多。」

話雖如此，我卻清楚看出他眼底的黯淡神色不只是因為發燒。如今回頭再看，那時錦茂或許已經發現自己犯下的錯誤了。

「我來幫你消毒傷口。」

我打開醫藥箱，拿出消毒水和新的繃帶，跪坐在床鋪邊伸出雙手，錦茂乖乖地拿下脖子上的三角巾。

「這裡地勢比較高……妳看過開在海上的花嗎？」

我搖搖頭。不管他說的是什麼花，我大概都沒看過。

「我不知道那東西要怎麼稱呼，就是從雲間射下的光柱……」

「你是說雲隙光嗎？」

看見他呆呆地歪著頭，我換了一個更通俗的說法——天使的梯子。

「喔喔……這個名字比較好。」

錦茂露出了笑容。

「我媽小時候從自家窗口看過那個梯子。光柱照在海上，不只一條，而是五條……就像超級巨大的手電筒一起照在海面。那個景象真的太漂亮了，我媽很想一直看下去，可是她還得幫忙做家事，只好死心地離開窗邊。」

我將脫脂棉沾上消毒水，擦拭深深的傷口。我小時候右邊大腿受重傷時，護理師也像這樣幫我消毒過，我還記得脫脂棉每次碰到傷口都會痛得像在刮骨一樣，但錦茂卻始終面不改色，一動也不動。

「我媽在我九歲時就死了，她的人生就算再怎麼包裝都說不上幸福。我媽在死前不久這樣對我說過，如果當時她衝出家門，搭船去到光柱所在的地方，說不定會看見光形成的花朵。妳想想看，五個光柱投射在海面，如果排列得剛好，就會變成花的形狀。每個光柱都是一片花瓣……就像十元硬幣排成一圈。」

雖然可能性不高，但也不是毫無可能，如果能親眼看到那個景象，不知道會有多美啊。

「我媽說，如果能看到光的花朵，說不定她的人生會有些不一樣吧。她說這話的時候，表情就像在作夢一樣。聽到我媽這麼說，我才知道她做家事時為什麼有時會突然停下來，呆呆地望向大海……不過我媽最後還是沒看到光的花朵，就這樣可憐地死了……所以年幼的我也相信，如果能看到那種花，或許真的能改變些什麼……雖然沒什麼道理……」

錦茂的嘴唇越動越慢，越說越小聲。我摸摸他的額頭，竟然比今天早上更燙。他在消毒時沒有疼痛的反應，說不定是因為發燒的緣故。

「我這輩子都過得不怎麼樣，但我每次看到天使的梯子都會想……如果能親眼看到那種花，或許我的人生就會改變……」

我問錦茂有沒有看過，他無力地搖頭。

（五）

到了隔天，錦茂還是沒有退燒。

我讓他睡在房間裡，自己依然每天早上出門上班。去大學的途中，我在雜貨店買了報紙，到研究室之後躲在角落細細地閱讀，並沒有看到打撈到屍體的消息，回家看電視新聞也沒有看到。

我在路上還是經常見到警車，無論是上班或回家，或是在家裡的窗邊。一定不是因為想太多，我從沒見過警車出現得這麼頻繁。

我下班後去超市買食材，回家煮了兩人份的晚餐，我坐在桌邊吃，錦茂坐在床鋪上吃。我們盡量聊一些和事發當晚無關的話題，像是小時候的夢想，想要成為昆蟲學家去世界各地旅行，最後夢想沒有實現。我還聊到椿象的臭腺構造，異色瓢蟲集體越冬的特性。錦茂說想要看我小時候製作的、很久都沒從壁櫥裡拿出來的標本。我把標本箱拿出來，排在榻榻米上，他像少年一樣看得眼睛發亮，我也凝視著這些懷念的標本好一陣子。蝴蝶的翅脈，甲蟲的外骨骼，蛾的梳子狀觸角。我事隔多年又再想起自己從前連標本的排列方式都很講究，光是把四種昆蟲排成一列，排列方式都多到令人吃驚。如果把昆蟲數量設定成自然數N，排列方式的種類就是N的階乘。換句話說，如果N是四，四乘以三乘以二乘以一，共有二十四種排列方式。如果N是五就有一百二十種，如果N是六就有七百二十種。當年的我當然不知道這個公式，只知道不管怎麼調換都會找到新的排法，讓我遲遲無法決定。

錦茂說的事大多都和捕魚有關。他工作的漁船有時甚至會開到澳洲附近或巴布亞紐幾內亞去捕鰹魚，出海時間短則一個月，長則數個月，這段期間他都得一直待在船上。

「不過十二月到一月是漁閒期，可以放長假。」

那他為什麼要在漁閒期跑來殺田坂呢？他們之間到底發生了什麼事？日子一天天地過去，我還是問不出口。

窗上的破洞依然堵著紙箱，屋內總是很冷，我們在疊了兩層的狹小棉被裡並肩而眠，彼此之間只隔了一個手掌的寬度。

（六）

過了十天左右，錦茂終於退燒了。

我每天早晚幫他消毒手臂傷口時，也看得出來他的傷勢漸漸痊癒。

「讓妳這麼辛苦地照顧我，真是過意不去。」

當晚錦茂來廚房幫我準備晚餐，他還不能使用右手，但我一眼就能看出他的廚藝很好，如果他雙手都能用，說不定比我更厲害。

「明天我就會離開。」

錦茂一邊等待炸天婦羅的油變熱，一邊微笑看著我說道。

「妳要努力忘了這一切。」

我只是含糊地點頭，但錦茂不知為何關掉了火，沉默片刻之後，他整個人轉向我，之後我們還是沒有說話，一直在廚房裡站著不動，注視著對方的眼睛。雖然我們在狹小的房間同居多日，這還是我們第一次注視對方的眼睛這麼久。

「我有一件事要拜託妳。」

「只要是我做得到的事就行。」

錦茂點頭說「妳一定做得到」。

但他說出來的卻是我不可能去做的事。

「如果哪天有警察來問妳那一晚的事，妳就說人是我殺的。說我偷偷闖進來，殺了那男人，屍體不知道被我搬到哪裡去，妳受到我的脅迫，所以沒辦法去報警。」

「我怎麼可能這樣做？」

這是當然的。

「人是我殺的，我也跟你一起搬運了屍體。」

「就算不想，妳也要這樣說。反正……」

他猶豫了一下。

「如果我再多一點勇氣……多一點力氣，那男人早就被我殺掉了。」

「我根本不知道你為什麼要殺他，怎麼可能這樣說。」

「不管怎樣，我還是希望妳答應我。等我走了以後，或許警察哪天會發現關於那男人的線索，查到妳這裡來，到時妳一定要把我的名字和外貌告訴他們，說這一切都是我做的。」

我還來不及回答，門鈴就響起來了。

我們屏息注視著彼此，門鈴再次響起，隨即傳來男人的聲音。

「百忙之中來打擾，真是抱歉。」

「應該是推銷員吧。」

我刻意把這句話說出口，因為我真心希望是這樣。事實上，我們這邊的推銷員確實很多，就像錦茂說的一樣，因為海港附近的住宅經常沒有男人在。

門鈴聲第三次響起。
「可以打擾一下嗎？」
我悄悄走到玄關，從門上的貓眼偷窺，外面是一位四十幾歲的男人，他的西裝外套和長褲都是一副疲軟無力的模樣，看不出明顯的線條，手上只抱著一件皮外套，沒有拿公事包，看起來不太像推銷員。男人把臉湊近貓眼，露出微笑，或許是看見貓眼變暗、發覺門內有人正在窺視。
「我是警察。」
我頓時全身僵硬。
我艱辛地轉動脖子，往後望去，錦茂正悄無聲息地躲進浴室脫衣間。
「……是的。」
「我正在拜訪附近的住家，有個東西想請妳看一下。」
我鼓起勇氣，轉開門鎖，推開大門。這時我的背後傳來類似笛聲的細微聲響，那是風從落地窗的破洞和修補的紙板之間吹過的聲音，我平時早就聽習慣了，此時那聲音卻像冰冷的刀子刺進胸膛。
「打擾了。妳正在吃飯嗎？」
「沒有……有什麼事？」
男人拿出警察手冊，報出自己的姓氏，然後從西裝內袋掏出一張照片。
「冒昧問一下，妳有沒有在哪裡見過這個人？」

我看了照片好一陣子，然後搖頭說：

「我沒見過。」

「妳也沒有見過類似這個長相的人嗎？」

我歪著脖子，又看了照片幾秒鐘。

「應該沒有吧。」

我之所以用了假設語氣，是因為講得太肯定會惹人懷疑。

警察手中那張照片裡的人，正是嘴巴緊抿、直視著鏡頭的錦茂。

（七）

為什麼警察要找錦茂？他做了什麼？跟他要殺田坂的事有關嗎？不管我怎麼問，錦茂都只是搖頭。

「會不會是你的汽艇留下了運過屍體的證據，被警察發現了……」

「那艘汽艇是我用不正當的手段得來的，就算被警察找到，也查不到我頭上的。」

這麼說來，一定是田坂的屍體被沖上岸了吧？警察或許查到了田坂和錦茂之間的關係——雖然我不知道他們有什麼關係——所以把錦茂當成殺人犯了？但錦茂還是搖頭，他說如果屍體被沖上岸，新聞一定會報出來。

「警察找我是因為其他的理由，所以妳放心吧。我會離開的，以免給妳添麻煩。不用等到明天，我今晚就走。」

「不行！」

錦茂驚訝地看著我，但我用堅定的語氣說：

「請你留在這裡。」

我不知道究竟發生了什麼事，但錦茂如果現在離開，一定會被警察抓住。我不是擔心田坂被殺的事會因此曝光，反正事情本來就是我做的，我理當承擔後果。我只是想保護錦茂，因為他救過我，當田坂毫不遲疑地揮出菜刀時，是錦茂挺身保護了我，要不是有他在，或許我在那晚就死了。

「至少留到傷勢痊癒再走。」

錦茂沉默良久，才慢慢地說：

「如果妳肯答應我剛才的請求。」

我只能點頭。

就這樣，我們之後還是繼續過著這種奇妙的生活。錦茂一步也不踏出大門，我每天早上若無其事地出門上班，途中買一份報紙，在研究所的角落閱讀，下班後去超市買兩人份的食材，回到家跟他一起下廚，面對面坐在小矮桌前一起吃，一起看新聞節目，晚上一起睡在疊了兩層的狹小棉被裡。不過我們之間的距離從一個手掌的寬度變成了小孩手掌的寬度，接著變成四指寬，又逐漸減少成三指寬、兩指寬、一指寬。

（八）

第一次身體相疊時，遠方傳來跨年的鐘聲。

錦茂從我身上離開時，發現了我大腿上的傷痕。他大概以為那是田坂對我施暴造成的，眼中浮現憐憫的神色，我搖頭說：

「這是更久以前的傷。」

這是小學四年級時，我在放學回家的途中追著一隻雄琉璃灰蝶，從長滿雜草的山坡滾下去而弄傷的。琉璃灰蝶是日本隨處可見的小型蝴蝶，翅膀是明亮的藍白色，在國外也很常見，英文名是Holly Blue，每隻蝴蝶翅膀上的藍色比例都不一樣，在放學途中從我眼前掠過的琉璃灰蝶是我看過最藍的一隻，非常美麗。

「希望這傷痕有一天會消失。」

明明才剛親熱過，錦茂的語氣還是跟往常一樣，但聲音的感觸有些不同。

「這是我自己粗心造成的傷痕，繼續留著也沒關係。」

除夕鐘聲持續在窗外迴盪，一聲聲之間相隔很久，在我快要忘記時才再次響起。錦茂在我耳邊說話，聽起來很舒服，我感覺綑住全身的風箏線悄悄地鬆開了。

「離開這裡以後，我就要出海。」

我記得錦茂說完之後就沒再聽見鐘聲了，大概是一百零八下鐘聲正好敲完，或者只是沒傳進我的耳中。

「可是……警察還在找你。」

「我要出海。」

錦茂注視著我，天花板的小燈泡映在他的眼中。那光芒如同仙女棒的火光，一點點地滲入他溼潤的眼睛。

「出了海要多久才會回來？」

「可能幾個月，也可能更久。」

「等你回來之後，請再來這裡吧。」

錦茂注視著我，像是在確認我是不是認真的。

「請你再來這裡。」

（九）

「天使的梯子」一詞來自聖經舊約的故事，雅各（註10）在睡夢中看見一道光從雲縫之間延伸到地面，有很多天使在那道光梯上去下來。

註10　亞伯拉罕的孫子，後來被神改名為「以色列」。

和錦茂一起的生活快要結束時，我看見了那道光梯。

那時是一月下旬，星期日的白天。我從半腰窗往外看，看見細細的光柱射向大海。雨才剛停，天空布滿了灰色的雲層，純白的雲隙光從雲間射出。不只一條，在大海的那一頭有兩條、三條……

「或許看得到。」

錦茂站在我身邊，用沙啞的聲音說道。

「就是你母親說過的……？」

錦茂點頭，他睜大眼睛盯著大海，眼珠都快掉出來了。雲隙光落在漂浮於海灣中央的無人小島附近，因為被民宅的屋頂擋住，看不見光柱落在海面上的形狀，不過至少可以確定光柱有五道，而且彼此之間靠得很近。

「我要出海。」

看見錦茂一邊說一邊離開窗邊，我急忙抓住他的袖子。

「不行。」

他的傷還沒完全痊癒，而且外面可能還有警察在找他。

「讓我去吧。」

錦茂猛然回頭，依然睜大的眼睛直視著我，不過他的表情隨即變得軟弱，像是在坦承某種重大的失敗，只動著嘴唇喃喃說道：

「我想要親眼看見……在近距離看見。」

這太愚蠢了，就算有五道光柱打在海上，也不可能精準地排列成花瓣的形狀，而他竟然要為這種毫無可能的事在大白天從安全的地方跑到危險之處。

「你又何必……」

「因為我不能再這樣下去了。」

「為什麼？」

「因為我必須改變……非得改變不可。」

當時的我聽不懂他這句話的意思。我還以為錦茂想要改變的是被我藏在家裡的奇怪生活，不由得感到心寒。

「我無論如何都想去看。」

錦茂後退一步，像在確認包著繃帶的右手狀況，緩緩地移動。

「在上船之前，我無論如何都要看。」

錦茂說完就開門走出去，過了幾秒，我才得以動彈，但我開門去追他時，他奔跑的背影已經繞過轉角，消失不見了。我強忍著喊他名字的衝動，在冬天的小巷裡奔跑，跑到轉角後，早已看不見錦茂的身影。我朝著港口走下坡道，四處找尋，都沒有找到他。

錦茂剛才說要出海，那他一定會去拿汽艇。他把汽艇藏在哪裡呢？對了，應該是藏在河上。港口沒地方可以藏汽艇，從河口逆流而上有一段兩岸都長滿茂密草木的區域，汽艇藏在那裡才不會被人發現。我朝著那地方跑去，就在此時，我看見一個男人從前方的十字路口經過，他由右而左朝著海邊走去。

我停下腳步，僵立不動。

我看過那個男人，錯不了，他就是上次來我家問話的警察。他消失在十字路口的轉角之前，從胸前口袋拿出黑色的東西靠近嘴邊。我勉強驅動僵硬的雙腳走到十字路口，看見奔跑的警察後方的大海有五道雲隙光照在灰色海面上，不遠之處有一艘汽艇正從右邊海岸筆直駛向光柱指向的海面。

我衝下坡道，淚水沿著太陽穴飄進耳朵。到達海邊之前，警察的身影消失在某個轉角，空無一人的海港只能聽見遠處傳來的汽艇引擎聲，但很快就被另一個更大的引擎聲蓋過。被強風吹得扭曲的風景中，雲朵急遽地改變形狀，雲隙光漸漸擴大，五道光柱合成一道粗厚的光柱，像探照燈一樣打在汽艇上。一艘船出現在右手邊，尺寸比汽艇大了好幾倍，正朝著同樣的方向加速前進。我的視野往上飄，雙膝跪在水泥地上。風變得更強了，逐漸遠去的兩個引擎聲混在一起，我在這噪音之中發不出半點聲音，好幾次想要開口呼喚錦茂，但聲音湧到喉嚨就消散了。

（十）

「一熟」這種水果又稱為無花果，因為它看似不開花就能結果實。

其實無花果的花在果實裡面。花長在果實內的植物非常罕見，我沒有聽過其他

類似的情況。（註11）

有一種小小的黃蜂叫「無花果蜂」，雌無花果蜂找到無花果就會開始鑽洞，牠用產卵管尖銳的前端挖出果肉，伸進花朵所在的內部，在果實內產卵，這些卵會孵化出雄蜂和雌蜂，牠們吃無花果的種子而成長、交配，之後雄蜂會為了讓雌蜂離開果實而從內側挖洞，一旦挖穿了，雌蜂就會飛走，雄蜂則是精疲力竭地死在果實裡。剝開野生的無花果經常會出現死掉的雄無花果蜂就是因為這樣。

窗外淅瀝瀝地下著秋雨。

進入白銀週後，小雨時降時停，天氣陰晴不定。今早的電視新聞播報，現在雖是出遊的時節，但觀光地的遊客比往年少了許多。

結束了和錦茂共同度過的奇妙生活的三年後，那棟公寓拆掉了，我小時候常去抓昆蟲的高地也在同一時期鏟平樹林，蓋了大樓。我在那棟大樓裡租房子，住到現在將近三十年了。經過漫長的歲月，房子和我都老了。

我想，我應該沒有虛度錦茂贈予我的人生吧。

後來我向大學研究室辭職，去了獨立行政法人研究機構，在更自由的環境專門研究都市昆蟲，也實現了小時候的夢想，去世界各地做田野調查，包括德國、英國、愛爾蘭、美國、印度、中國。我跟當地的研究者交流，好幾次在他們的著作中

註11　一般食用的無花果並非果實，而是花托。

被提到名字。我自己沒有寫過書，今後大概也不會寫，但我還是秉持著小小的自豪和自信，持續做著我的研究。

在我住了很久的這個房間，書桌的前方就是窗戶，我隨時都能看見海灣，但是我在這裡住了將近三十年，都沒見過錦茂想看的光之花。

錦茂到底是什麼人呢？

我是在錦茂出海的兩天之後才得知此事。報紙的本地新聞版刊出一則小小的報導，提到了他的真實身分。

有個住在海灣南側的男人，經常駕駛偷來的汽艇到北側的住宅區行竊。警察查到他名叫錦茂，有過偷竊前科，可是一直守在他家都沒看到他回來，搜尋之後在北側住宅區找到了他的蹤跡。他開汽艇逃到海上，海警船追上去，在海上逮捕了他。據說他長年靠著偷竊維生，卻總是說自己是捕鰹魚的漁夫。

那錦茂和田坂究竟有什麼關係呢？

後來我再也沒見過錦茂，當然不知道真相為何，但我後來想到了一個猜測。在我看到那則報導的三年後，我打電話告訴媽媽我要搬家的事。

『就是妳經常去抓昆蟲的那片樹林嗎？咦？那裡蓋了大樓？』

媽媽完全不知道女兒的人生經歷了什麼，語氣還是和往常一樣悠哉，這倒是讓我感到慶幸。多話的媽媽很懷念地聊起了我小時候的事，包括我大腿受傷的那件事。

『那次真是嚇壞我了。』

當我摔下山坡，裙子被鮮血染成一片鮮紅，嚇到連哭都哭不出來時，有一位路過的少年發現了我，他立刻跑到附近的民宅敲門，叫來了救護車，我被送到醫院，大腿縫了十四針。隔天，我看見那位少年在山坡上把酒瓶的碎片一片片撿起，放進塑膠袋，但又不好意思開口，只能默默站在一旁看著。後來我沒再見過那位少年，也沒機會向他道謝。我一邊回想一邊敘述往事，電話另一頭的媽媽卻說出了我意想不到的話。

『那是錦茂吧。』

我還以為自己聽錯了。

我故作鎮定地向媽媽確認，媽媽依然說出了同樣的姓氏。

『那孩子住在海灣南側，經常幫消費合作社送貨來我們家的阿姨也住在那附近。說是阿姨，其實她比現在的我還年輕。』

媽媽說那位阿姨跟她聊過錦茂家裡的事。

『他家好像有很多問題，爸爸從來不工作，大白天就在喝酒，而且常常聽見他家傳出像是施暴的聲音，左鄰右舍都知道這件事。那孩子常常一個人騎腳踏車到海灣北側，大概是想盡量遠離家庭吧……送貨的阿姨是這樣說的。』

我一句話都說不出來，只是靜靜地把話筒貼在耳上。

『把妳從醫院接回來以後，我去了幫忙叫救護車的那戶人家道謝，那時我才得知，最早發現妳受傷的是一位路過的男孩子，他在敲門時說過自己的姓氏，聽說是姓錦茂。這個姓很少見，所以我一聽就知道，他是送貨阿姨提過的那一家的孩子。』

媽媽變得欲言又止。

『既然是他發現妳受傷的，那我也該去他家道謝，可是……因為聽說了很多關於他家的事，讓我不太敢去，後來……他就離開了。』

她說到後面停頓了一下。

我問媽媽他為什麼離開，媽媽先嘆一口氣，才回答：

『他的母親死了。』

聽說是丈夫喝醉時拿菜刀殺死了妻子。

當著孩子的面。

這是發生在五十年前、我所不知道的悽慘往事。

『他爸爸很快就遭到逮捕，他好像被親戚領養了……當時妳還很小，而且那孩子跟妳年紀差不多，所以我說不出口。真是太可憐了……』

在媽媽的感嘆之中，我彷彿聽見了少年那一天說的話。

——如果沒有酒就好了。

在山坡上撿拾酒瓶碎片的少年沒有看我，自言自語地說。

我也想起了錦茂在公寓裡說過的話。

——我媽在我九歲時就死了，她的人生就算再怎麼包裝都說不上幸福。

掛斷電話以後，我坐在榻榻米上沉思。

在我和錦茂短暫同居過的房間裡，我獨自閉著眼睛，沉思良久。

——如果哪天有警察來問妳那一晚的事，妳就說人是我殺的。

——如果我再多一點勇氣……多一點力氣，那男人早就被我殺掉了。

最後我的腦海浮現出這樣的畫面……

經常開著汽艇越過海灣行竊的錦茂在某天深夜潛入一間公寓，他以為這戶人家已經睡了。可是從窗戶摸進屋內之後，聽見大門打開，有個男人回來了，他急忙躲進浴室脫衣間，剛回來的男人揪住女人毆打，接著進廚房拿出菜刀。就在男人朝女人揮出刀時，他突然從脫衣間跳出來，從背後架住男人，女人趁機撿起掉在地上的菜刀，刺進男人的胸口。

他對恍惚失神的女人說了謊。

——我是來殺這個男人的。

他是不是在這個女人的身上看到了自己母親的影子？

他是不是希望多少減輕她的罪惡感？

——不可以為這種人犧牲自己的人生。

他把男人的屍體沉到海底。為了隱匿女人犯的罪，為了讓她展開新的人生。他根本沒發現，她就是多年以前那位跌落山坡、裙子被鮮血染紅的少女。

——妳要努力忘了這一切。

當然，和錦茂一起在公寓裡生活時，我並不是完全沒察覺。我從一開始就覺得不太對勁，因為他明明是來殺田坂的，身上卻沒有帶任何武器，而且他清楚地說出他要殺田坂，卻又說不出理由。我知道他有事欺瞞，也感覺得出來他騙我不是為了自己，但我完全沒想到他只是個小偷，而且他根本不認識田坂。

不知不覺間，籠罩著建築物的雨聲消失了。

我站在窗邊望向剛放晴的大海。溼濡的玻璃之外烏雲密布，整個海灣都灰撲撲的。當我眺望海面時，有時會看見汽艇駛向海上，我當然看不清楚開船的人長怎樣，但我總會想像那個人就是錦茂。他現在過著怎樣的生活呢？他非常了解捕鰹魚的事，或許是對此有興趣。說不定他後來真的成了捕鰹魚的漁夫，搭船到遠方去捕魚。說不定他偶爾回來還會駕駛汽艇橫越海灣，說不定我從窗口看見的汽艇之中就有一艘是他的。

——離開這裡以後，我就要出海。

至少他不會再當小偷了。

——可能幾個月，也可能更久。

等到手臂的傷痊癒之後，他就會去警局自首，償還自己犯下的罪。他說要搭船出海應該就是這個意思。如果那一天錦茂沒有衝出公寓，他就會這樣做嗎？他去警局自首、贖完自己的罪以後，會再回來找我嗎？如果能夠回到過去，我們會回到哪裡，會做些什麼呢？

我被亮光引起注意，抬頭望去，雲間正射出雲隙光，照在漂浮於海灣中央的小島旁。純白的光線打在陰暗的海面，不久之後，光柱的數量增加，圓圓的光柱以同樣的間距照在海面上，一道，又一道……

「花……」

我愕然屏息。

錦茂的母親在悲哀的心中描繪的光之花，錦茂無論如何都想看見的光之花，此時正大大地綻放在海上。美麗得無可比擬的五瓣花朵散發著白色光輝而綻放。一切都消失在這眩目的光輝中，我的視野裡只剩這朵花。在這朵花中，我不禁想像錦茂和我一樣變得老邁的模樣，想像他和我一樣正觀賞著這朵花。

雖然我知道神明不會同時賜下兩個奇蹟。

柱排列成一圈，正巧形成花朵的圖案。飛機微微的搖晃令我的視野變得有些模糊，每道光柱的周圍增添了一環殘影，讓這朵綻放在海上的花朵更加美麗。

真的有這種事嗎？

我現在看到的是真實的景象嗎？

俯瞰著耀眼的光之花，讓我更不明白了。神明。奇蹟。埋在沙中的半月形海玻璃。荷莉又多活了那麼久。奧莉安娜再次展露笑容。在詩特莉家看到的照片……

算了，怎樣都行啦。

如同剛打完一個大噴嚏，我的心中充滿了明亮開朗的氣氛。我挺直腰桿，海面上那朵花射出的光芒彷彿也照進了我長年緊縮的骨間縫隙。

怎樣都行啦。只要跨越了荷莉離世的悲傷、開始住在一起的奧莉安娜和詩特莉能偶爾展露笑容，就已經足夠了。

就不會相信它的效果了，因為她知道阿姨現在過的是怎樣的生活。

我沒有向詩特莉求證過，所以我不知道事實為何，只是自己如此揣測。

我的視線回到螢幕上。

飛機現在或許正飛在那個城市的上空，我也不太確定。

我打電話告訴父親我要回國時，父親的語氣一如往常地平淡，卻隱約透出了一絲欣喜。我有很多話想說，有很多話非說不可，我也得向父親道歉。我將近十年沒有好好跟父親說過話了，這次真的說得出來嗎？我真能把長久以來盤踞在心中的話語明確地說出口嗎？

當我注視著螢幕時，機上乘客不知為何喧譁了起來。

像是訝異，又像是驚嘆。

我看看周圍，坐在我旁邊的年長白人男性，還有坐在走道另一邊的年輕日本女性，也像我一樣驚訝地左顧右盼。我雙手按著座椅扶手，稍微抬高身體，發現只有靠窗的乘客發出騷動，而且是和我同一邊的窗子。

我坐回椅子，把臉湊近窗口。

眼前的景象讓我簡直不敢置信。

黑暗的海上開著一朵光之花。五個巨大的圓形光圈緊密排列在水面上，形成一朵巨大的花，散發出耀眼的白光。我起初不知道那些光是怎麼來的，但很快就發現那是從雲層之間投射下去的。陽光從灰色雲層裂開的五道縫隙照在海面上，五道光小時候的詩特莉和荷莉笑著站在一起，詩特莉自豪地伸出右手，拇指和食指之間有一塊小玻璃片。半月形、黃綠色的玻璃片。這和奧莉安娜那個夜晚在沙子裡找到的玻璃片一模一樣。

這是怎麼回事？是詩特莉小時候弄丟的鈾玻璃不知怎地漂流到都柏林灣的沙灘上，被奧莉安娜碰巧撿到嗎？

不，怎麼想都不可能。

我很快想到了另一種解釋。

或許詩特莉做了「和我一樣的事」。

她說視若珍寶的海玻璃不見了，或許是騙人的，其實她一直妥善地收藏著，時而許願，時而祈求，時而被不如願的生活蓋過她祈禱的聲音。我和奧莉安娜去都柏林灣的那一晚，詩特莉從荷莉那裡聽說了我們要去找鈾玻璃形成的海玻璃，之後她來到沙灘，還沒來跟我們說話之前，或是跟我們說完話之後，她把自己的寶物丟在沙灘上。這是為了讓奧莉安娜找到。即使這樣有可能害她一直珍藏的寶物丟失在沙子裡。

也就是說，那個奇蹟不是神明賜給奧莉安娜的，而是詩特莉帶來的。

說不定詩特莉在門廊上告訴我們海玻璃的事，就是為了誘使奧莉安娜去找尋。她之所以謊稱寶貴的海玻璃丟失了，可能是因為她很清楚自己的人生看在奧莉安娜的眼中是什麼樣子，如果她當時說帶來好運的海玻璃還在自己手上，或許奧莉安娜很多眼淚，不過我喝完紅茶向她們道別時，她們兩人都露出了笑容。

——不要忘記我媽媽喔。

臨別之際，奧莉安娜遞給我一張圖畫紙，我不知道她是什麼時候畫的，紙上畫的是荷莉安詳的睡臉，繪畫功力比從前進步了許多。

後來我再也沒有見過她們。

我每天被忙碌的工作追著跑，在那之後過了半年左右，不知道她們現在怎麼樣了。奧莉安娜的頭髮已經長回先前的長度了嗎？她和詩特莉相處得好嗎？

其實我早就不擔心她們的生活情況了。

不只是因為我在那個黎明的沙灘上聽到了詩特莉的真實心情。

幫忙奧莉安娜搬家的那天，我看到了一樣東西。我抱著紙箱第一次走進詩特莉家時，看見飯廳的角落有一張桌子，上面擺著黃綠色的玻璃片。那是我用小盤子製作的、詩特莉在沙灘上找到的冒牌海玻璃。我既不好意思又有些開心，放下紙箱走近桌子。玻璃片擺在一個木頭相框前，相框裡夾著一張褪色的寫實抓拍照片，拍的是小時候的詩特莉和荷莉。荷莉當時很健康，詩特莉比現在瘦很多，兩人看起來很相像。我看了照片一陣子，聽見詩特莉和奧莉安娜搬行李進來的聲音，就若無其事地走開了。我再次搬紙箱進來時，相框不見了，桌上只剩玻璃片。可能是詩特莉察覺到，就把相片藏起來了。我故作不知情繼續幫忙搬東西，一邊思索著剛才看到的東西代表著什麼意義。

我把臉湊近窗口，望向上空，灰色的雲層延伸到很遠的地方。可惜日本正值白銀週，天氣卻這麼差。我沒有看見雨滴，但好像隨時都會下雨，又或者才剛下完。眼前的螢幕顯示著附近的地圖以及飛機目前的位置，大概很快就會經過我的故鄉了。歐洲航班在到達國際機場前，或是剛起飛後，都會經過那個城市的上空。

螢幕顯示的是小比例尺的地圖，我不確定城市的正確位置。可以當作地標的海灣在這張地圖上被省略了，漂浮在海灣中的小島當然也是。

荷莉後來還活了兩個月。

她過世時非常安詳，就像是睡著了一樣。

在黎明的海灘上找到海玻璃後的兩個月裡，奧莉安娜在荷莉面前展露過很多次笑容。她們會貼近到瀏海相觸，講述著兩人之間的回憶，有時她還會比手畫腳地向母親報告學校裡的事，或是和母親比較頭髮的長度。

荷莉還在世時，奧莉安娜真的相信奇蹟發生了嗎？我直到現在都不確定。至少我是相信的，因為以荷莉的病情來看，她能活這麼久簡直就是奇蹟。荷莉死後，我對奧莉安娜這樣說了，她握緊海玻璃，點點頭，忍著淚水向我道謝。

荷莉葬禮之後的隔週，奧莉安娜搬到了詩特莉家。她的行李沒有多到需要請搬家公司，但是光靠她和詩特莉兩人還是搬不完，所以我主動跑去幫忙了。

我把最後的行李送到詩特莉家以後，她為我泡了紅茶。我們三人圍坐在不太乾淨的餐桌邊，聊到的都是荷莉的事。詩特莉和奧莉安娜講到一半就開始哽咽，流了

「對不起，奧莉安娜……對不起……」

詩特莉溼濡的臉龐在奧莉安娜的短髮上磨蹭，她哭得像個孩子一樣，一再地哽咽。

「妳媽媽一定要活下去才行……因為我什麼都做不好……就算我再怎麼努力，還是什麼都做不好……要我照顧這麼可愛的奧莉安娜……我一定做不好……」

「沒關係……阿姨，沒關係的……」

兩人在昏暗的沙灘上放聲大哭。

兩人的手中都抓著各自找到的玻璃片。

詩特莉拿的那塊是我摔碎小盤子製成的冒牌貨。我還以為它被大浪捲走了，結果竟然跑到這裡。詩特莉和我說完話後，踩著粗魯的步伐走回石階，或許玻璃是在那時被她踢飛的。

不過，我不打算告訴她這件事。當然，將來也不會說。

迴盪著兩人哭聲的天空依然有星星在閃耀。奧莉安娜名字的由來是黎明，詩特莉名字的由來是星星。這是兩者交會的簡短、美麗的一刻。

（七）

機身慢慢下降，穿越雲層。

南一點點。詩特莉到來之前，我們剛找完海灣北邊，正要去找南邊。我計畫要讓奧莉安娜找到，為了讓她再次展露歡笑，為了讓荷莉再次看見她的笑容。可是，我靠著小聰明製造的冒牌貨卻被一道大浪捲入海中。我用黑燈一次次地掃過碎片原本放置的地方及附近一帶，始終沒有找到。

現在奧莉安娜手中拿著的是如假包換的真貨。

那是極為罕見的鈾玻璃形成的海玻璃。

詩特莉似乎察覺到我們的異狀，從石階走了過來，她的身影在黑暗中漸漸變大，但走到一半就突然停住。她是怎麼了……？詩特莉站在原地不動，彎下身子，她的剪影緩慢地伸縮，接著突然動起來，大步向前邁進，接著撲倒似地趴在沙上，過了一下子，她發出尖叫般的呼喊，奧莉安娜回頭望去，我也朝她跑過去，詩特莉兩隻手肘埋在沙裡，左手抓著右手腕，右手掌心朝上，不停顫抖，五指彎曲成鉤狀，而她顫抖的手上躺著一顆發出亮光的鈾玻璃。

「找到了……奧莉安娜，找到了……」

她張大嘴巴，發出類似哭聲的含糊聲音。不對，她確實在哭。映出白綠色光芒的淚珠從她的臉頰滑落。奧莉安娜跑過來，跪在她旁邊，伸出右手。

「我也找到了……阿姨，我也找到了！」

詩特莉一看到奧莉安娜手中的半月形海玻璃，就伸出雙手抱緊她，像是抓住一個準備逃跑的人。奧莉安娜被摟在詩特莉的胸前，也伸出雙手攀住她的身體。

位置很低，陽光經過厚厚的大氣層時，會因微小的懸浮粒子而散射，尤其是紫外線這種波長較短的光線。也就是說，昏暗的沙灘此時充滿了散射的紫外線，雖然人的眼睛看不見，確實有紫外線從空中降下。

奧莉安娜雙手按在沙上，彷彿害怕看丟了那個東西，她直接在沙上爬行，好不容易到達之後，她用手指捏起在黑暗之中發光的小東西，我也立刻拔腿衝去。

「Kazuma，這是……」

「是鈾玻璃。」

聽到我這句話，她猛然吸了一口氣，卻沒有再吐出，而是把嘴張得越來越大。毫無疑問，奧莉安娜用兩根手指捏著的東西就是鈾玻璃形成的海玻璃，吸收了滿天灑下的紫外線，在黑暗中散發著光芒，帶有綠色的白光，形狀則是美到無與倫比的半月形，就像小孩畫的笑臉的嘴巴形狀。

神或許真的存在。

我有生以來第一次冒出這種想法。

奧莉安娜「真的找到了」。

提議去找海玻璃的那個晚上，我收到了郵購網站寄來的小盤子，大概只有手掌大，那是貨真價實的鈾玻璃製作的骨董。我在公寓裡把漂亮的黃綠色小盤子摔碎，選了一塊碎片，用砂紙仔細打磨，然後把偽造成海玻璃的碎片放進褲子口袋，帶著奧莉安娜來到這裡。我趁奧莉安娜不注意時把碎片丟在沙灘上，就在做記號之處往莉明白地告訴過我不可能找到的，而事實也是如此。後悔和羞恥的重量壓著我疲憊不堪的雙腿，讓我連站都站不住，我雙膝跪倒在沙灘上，眼前就是奧莉安娜顫抖的背影，我逃避似地轉開目光，正好看見詩特莉的身影。她的剪影低著頭，雙手合十靠在額頭上，看起來像是專心祈禱。她彷彿一直在那邊祈禱。

片刻以後我才感到不對勁。

我和奧莉安娜一起走在沙灘上的時候，我轉頭看過詩特莉好幾次，但我一次也沒看過她做出合掌的動作。不，應該說看不見。在一片黑暗中，我只能看見她坐在石階上、彎著身子低著頭的朦朧身影。現在周圍還是很暗，但我不知為何卻能隱約看見她的雙手。

我轉頭望向大海，發現水平線的後方正在微微發亮。太陽還沒露臉，但黎明就快降臨在這個城市了。

奧莉安娜似乎也發覺了景色的變化，她悄悄抬起頭來。

「Kazuma……」

如同才剛睡醒一般，她只動著嘴唇，囁嚅地說，眼睛盯著沙灘上的某一處。那是做記號的地方往北一小段距離。有個東西在發光。有一小塊東西埋在沙子裡。

「紫外線……」

我從喉嚨擠出一絲聲音。

此時出現在我們面前的是只有極短的時間才能看到的簡單光學現象。當太陽的

「你可以先回去，我還要繼續找。」

我們一直走個不停，在做記號的樹枝原本所在的地方，和南邊鄧萊里港之間的沙灘來回走了好幾趟。奧莉安娜提議再去北邊找一次看看，但我還是緊抓著微薄的可能性，堅持繼續在南邊找尋。

時間白白地流逝了。

找著找著，奧莉安娜手上黑燈的光芒逐漸減弱，沒多久就熄了。大概是電池耗光了。我把自己的黑燈交給她，兩人又繼續走下去，但是不到十分鐘，這支手電筒也沒電了，我們被籠罩在全然的黑暗中。

奧莉安娜彷彿也耗光了電池，她坐在沙灘上，額頭靠著膝蓋，一動也不動。這裡的位置是石階往南一小段距離。我回頭一看，詩特莉的剪影還在石階上，她依然縮著身子垂著頭，好像從一開始到現在都沒動過一根手指。

一週前，我向奧莉安娜提議來找鈾玻璃形成的海玻璃。我原本還有些猶豫，在沙灘上聽到奧莉安娜說的話之後，當她對我說出真心話的時候，我終於下定了決心。

不過，我現在只有滿心的後悔。

奧莉安娜把臉埋在膝間哭泣，她壓低聲音，忍住嗚咽，只有那小小的背影不斷地輕微顫動。我後悔到說不出道歉的話語。我該道歉的對象不只是奧莉安娜，還有荷莉，以及詩特莉。荷莉或許再也看不到奧莉安娜的笑容，就這麼離開世界。詩特來東西啊。」

我的頸關節像是被固定住，無論我怎麼努力都沒辦法點頭，但我還是勉強收了收下巴，奧莉安娜見狀又轉過身去，繼續用黑燈照著溼濡的沙灘往前走。直到她的背影離去很遠，我的雙腳仍然無法動彈。海風彷彿不是吹在我的臉上或身上，而是吹在我的心中。

（六）

我和奧莉安娜一起沿著沙灘往南走。

和她一樣，我也用黑燈照著地上。

最後我們來到了都柏林灣南邊、被碼頭圍繞的鄧萊里港，沙灘延伸至靜謐的港口就中斷了。我們轉向後方，稍微偏離先前的足跡走回出發的地方。做記號的樹枝已經不見了，可能是被剛才的大浪捲走了。我望向石階，詩特莉的身影還在那邊，她縮著身子、低著頭，一動也不動，跟黑暗的景色融成一片。我們又去了一趟鄧萊里港，回到石階附近時，詩特莉依然保持著相同的姿勢。

「奧莉安娜，我看……」

「我不走。」

她說得很快，像是早就想好了回答。

「小心！」

我喊出聲時，她已經注意到那道大浪，黑燈的光線大幅度地橫向移動，海浪追向逃開的奧莉安娜，驚慌的她發出簡短尖叫倒在沙上，浪頭一邊升高一邊逼近，到她身旁時卻後繼無力地迅速落下，打在沙灘上。低沉的聲響震動著腹部，細細的水花像針刺在臉上。海浪帶著無數水泡破裂的聲音逐漸遠去消失。

「……奧莉安娜？」

我跑過去一看，她癱坐在沙灘上，鞋子和牛仔褲的褲腳都溼了。

「我沒事。」

她站起來，拍拍屁股，不像受傷的樣子，讓我鬆了一口氣，但只有短短幾秒。以我們所在的地方為界，靠海一側的沙灘溼得發黑。

剛才打上來的大浪粗暴地掃過沙子的表層，可能把本來在那裡的東西捲入了海中。

「Kazuma，我沒事啦。」

「奧莉安娜……」

我努力穩住雙腿，不讓自己軟癱在地。

「你是不是覺得沙灘上的海玻璃都被海浪捲走了？」

她這句話說對了。比她想像得更正確。

「沙灘上本來就經常有海浪打來，沒事的啦。雖然海浪會帶走東西，但也會帶

「奧莉安娜原本是這樣想，但現在不同了，她現在真的很想找到鈾玻璃形成的海玻璃。實際來到海邊找尋過後，她就改變了心意。」

「這樣不是更糟糕嗎？」

詩特莉大概是想說，如果找不到鈾玻璃形成的海玻璃，只會讓奧莉安娜更失望。

「說不定……神明會幫助我們。」

我抬頭看著天空。在滿天星辰之中，掛著一彎像指尖一樣細的月牙。

「才沒有什麼神明。」

詩特莉的聲音含糊得像在咕噥，像是擔心她其實相信存在的神明聽見這句話。

「或許真的有喔。」

我說完以後，詩特莉口中念念有詞地轉身走回石階，動作粗魯到踢飛沙子，彷彿是故意的。我望著她的背影好一陣子，又轉頭看著奧莉安娜。沒有神明嗎……或許吧，沒有信仰的我一直都是這樣想的。不過，人類並不無能，就算沒有神，我們還是能做到很多事，譬如盡量治好別人的病、照顧將死之人的身心、努力為他們的家人著想、為此上網找尋需要的東西。

奧莉安娜用黑燈照著地面謹慎地前進，沙子吸收了腳步聲，她的身影彷彿隨著蒼白的光暈在地上滑行。原本沉靜的浪潮聲變大了一些，持續拍打海岸的波浪也變得更響亮了。我望向大海，白色的浪頭一邊攀升一邊逼近奧莉安娜。

「睡得很熟。」

她緊抿著嘴，在黑暗中跨開雙腳站立，顯然有話想要對我說。

「我跟詩特莉聊一下好嗎？」

我輕聲問道，奧莉安娜點點頭。

「那我繼續找。」

等到奧莉安娜走遠後，詩特莉才說：

「不可能找到的。」

「我相信可以找到。」

「如果找不到，你要負責嗎？」

我沒有回答，而是望向在海灘上漸漸走遠的奧莉安娜的剪影。

「她早就知道荷莉的病不會好起來了，在妳告訴她之前就知道了。」

詩特莉冷淡地回答「是喔」。

「她說就是因為知道，才要來找鈾玻璃形成的海玻璃。」

這麼簡單的一句話當然沒辦法詳盡地說明奧莉安娜的想法。詩特莉粗魯地反問，於是我忠實轉述了奧莉安娜說過的話，說她這樣做是為了把母親的死歸咎於自己，因為她不想再憎恨任何人。詩特莉聽我說完之後，發出幾乎難以聽聞的咂舌聲。

「她來這裡是為了『不要找到』？」

向海邊。如果沙子裡有東西發光，奧莉安娜還是會蹲下去檢查，但她看到沒用的垃圾時不再像剛才那樣嘆氣了，就像是她知道無數的雜物之中摻雜著一個寶物，確信每次挑去一件無關的東西就會提高找到寶物的機率。而我只是跟在她身邊，持續照著地面，就算看到發光的東西也不幫忙撿。發現寶物的人不該是我，必須是奧莉安娜。

我們花了比去時更多的時間回到了做記號的樹枝旁。

「要休息一下嗎？」

「沒關係。接下來找那邊。」

奧莉安娜指著記號的南邊。我用黑燈照向手錶看時間，指針上的螢光塗料用科幻的亮光告訴我現在的時刻。我本來以為我們大約來海邊兩個小時了，沒想到已經超過三個小時，都快到深夜了。我把黑燈換到左手，將冷冰冰的右手插進口袋。

「走吧。」

我們走向記號的南邊，此時卻有聲音從遠方傳來，那個聲音叫著奧莉安娜的名字。我停下腳步看看四周，發現我們先前走下海岸的石階附近隱約出現一條人影，越靠近變得越大。

「妹妹跟我說你們在這裡。」

詩特莉瞪著我們說道。

「荷莉呢？」

她眨眨眼睛，低下頭去，最後她搖頭說：

「我希望能找到。」

話一出口，她的眼淚就掉了下來。淚珠掛在下巴的尖端搖晃，奧莉安娜粗魯地用手背抹掉。

「來這裡和你一起找海玻璃之後，我開始有了這種想法。如果能找到，那就像是奇蹟吧？如果出現了這種奇蹟，或許奇蹟也會發生在媽媽身上……」

能在海邊找到鈾玻璃形成的海玻璃確實近乎奇蹟，但這個奇蹟真的該降臨在奧莉安娜身上嗎？我做的事是正確的嗎？

「如果找到了……妳會笑嗎？」

被我這麼一問，她輕輕搖頭說：

「應該會哭吧。」

說完以後，她又小聲地補了一句：

「不過，哭完以後還是會笑吧。」

如同笑容的前兆，奧莉安娜臉上的表情出現了細微的變化，雖然很快就消失了，但我真想追上那消失的一抹表情。我在衝動的驅使之下大喊：

「我們去找吧。」

她用力地點頭，彷彿迫不及待。

奧莉安娜再次踏上沙灘，我也跟在她旁邊，我們一起用黑燈照著地面，筆直走那個城市的海邊對父親說了很多殘酷的話，可是十歲的奧莉安娜卻拚命地把母親快要死的事怪罪到自己頭上。

荷莉說過，經歷過母親死亡的我一定能理解奧莉安娜的心情，所以她才選擇我當居家照護的專屬護理師，但我根本一點都不了解，或許連荷莉也不了解，奧莉安娜那顆小腦袋裡想的東西比我和荷莉想像得複雜多了。她雖然痛苦，卻拚命找尋能靠自己力量得到的救贖，即使知道母親在接受臨終照護，她還是努力展露歡笑，每天放學回家看到躺在床上的荷莉和我，她都會露出笑容。明知母親就快死了，還要這樣強顏歡笑，她的心中會是多麼痛苦？詩特莉明確說出荷莉好不起來之後，奧莉安娜就不再笑了，笑不出來的她又是多麼痛苦呢？

「爸爸摔下懸崖死掉的時候，我好恨把爸爸撞下去的人，希望他也像爸爸一樣摔下懸崖死掉，我到現在還是會這麼想。但是我不喜歡這樣。如果媽媽死了，或許我又會恨醫院裡的醫生，還有你。我不想要這樣。」

奧莉安娜停了下來。

「所以我才會來找海玻璃，因為我知道一定找不到。這是為了讓我在媽媽死後不怪罪別人，只怪罪自己。」

奧莉安娜彷彿承受著身體的疼痛，她全身緊繃到就連隔著衣服都看得出來，嘴巴緊緊抿著，但她的側臉好像還想繼續說。我似乎看得出來她想說什麼。

「……妳現在還是這麼想嗎？」

詞，所以回家查了字典。」

奧莉安娜說話時，眼睛依然注視著黑燈投射的地面。

「字典上寫了『terminal』（註14）這個詞，但我只知道飛機和電車的『terminal』（註15），剛開始時還看不懂，所以我連這個字一起查了。」

然後她才知道，荷莉不是去接受治療，而是去接受臨終照護。

「你問我要不要去找鈾玻璃形成的海玻璃時，我心想一定找不到，因為你聽到阿姨撿到這種海玻璃時露出了很驚訝的表情，所以我知道那種東西很少見。無論我怎麼找，絕對不可能找到鈾玻璃形成的海玻璃。」

「可是，奧莉安娜……」

「就是覺得找不到，我才要來找。」

認識這麼久，奧莉安娜第一次打斷我的話。

「如果我拚命地找還是沒有找到，那媽媽等於是我害死的。都是因為我找得不夠認真，媽媽才會死。那我就能這麼想……『既然是我害的，那也沒辦法』。」

海風撫過奧莉安娜白皙的後頸。我想說些什麼，但吸進去的空氣沒有變成話語，而是沉入冰冷僵硬的胸中。國中時代的我把母親的死怪罪到父親的頭上，我在

註14 terminal：末期。
註15 terminal：航廈、總站。

喜，而我根本沒辦法正視他的臉，只是低頭向答應幫我出學費的父親道了謝就走回房間。臨走之前，我稍微瞄了一眼，坐在客廳沙發上的父親像是一尊被棄置多年、長得像父親的人偶。人偶的眼睛是兩顆無機質的玻璃珠。

「差不多該回去做記號的地方了。」

前方沙灘被阻斷了，再過去是發電廠和汙水處理廠所在的區域，再往北走又是沙灘，但我們沒必要跑那麼遠，還不如返回記號處往南邊找。

我們轉身折返，比剛才過來時更靠近陸地那側，依然用黑燈照著沙灘前進。此時吹起海風，雖然風不大，但是很冷，每次風吹過來，我們都會拉緊衣襟，縮起身子。

「Kazuma，我可以老實說嗎？」

吹過幾陣風以後，奧莉安娜突然開口說道。

「我早就知道媽媽的病治不好了。」

我感覺好像有顆冰塊落入胸中。

她的意思是詩特莉說那句話之前嗎？我還沒發問，奧莉安娜就緩緩地點頭。

「我很久以前就知道了。媽媽離開了第一間醫院，搬到另一個像是醫院的地方，我去看她的時候，在走廊上聽到有人說那裡是『hospice』（註13），我沒聽過這個

註13 hospice：安寧中心。

——你應該沒時間釣魚吧？

——我準備請醫院讓我減少值班時間，這樣工作時一定更能集中精神。家裡還有兩人用的橡皮艇，你要不要一起去？

父親笑著這麼說。

他的笑聲令我停下了腳步。

——你幫媽媽治療時沒有集中精神嗎？

父親也停下腳步，回頭望來，像是想要問我什麼。

我就是在那時對父親說出了殘酷的話，我用直截了當的話語批評父親沒有救回母親的性命。從母親過世的那晚一直埋藏在我心中的話語一鼓作氣湧上來，衝開喉嚨脫口而出，我根本抑制不住。面對我連換氣都顧不得、連珠炮似的譴責，父親只是緊抿著嘴脣。或許是因為他面無表情，反而讓我覺得自己受到了批評。我對醫療一無所知，卻把悲傷和懊惱全都發洩在僅存的親人——父親的身上。我從來沒被父親打過，當時的我卻感到自己被看不見的手狠狠揍了一頓。我越是這樣想，就越停不下來，在夜晚的海灘上對父親說出我所能想到的所有傷人話語，當時父親就像如今走在我身邊的奧莉安娜一樣，眼中映出了手電筒的燈光。

後來我再也沒有跟父親說過話，父親對我說話時，我都裝作沒聽到，或是不耐地搖頭。我決定從事安寧照護、為此努力讀書的時候，也沒有對父親提過一句。考上都柏林護理大學的那天，我因需要學費才第一次向父親開口，父親對我說了恭我們家就在灣岸的馬路邊，我和父親沿著路走，越過母親被機車撞死的斑馬線走向海邊。車禍發生後不知是誰供奉的鮮花還沒枯萎，如今仍放在號誌柱下方。從人行道旁邊的石階走下海灘後，父親從外套口袋裡拿出兩支筆型手電筒，把其中一支拿給我。

——我在想，晚上的海灘看起來一定和白天不一樣。

父親明明沒在白天來過海灘，卻說出這句話，打開手電筒電源。我也按下開關，照向腳下。今晚月色明亮，但是小小的燈光一亮起，周圍彷彿突然變得很暗。就像我現在和奧莉安娜走在一起，當時的我和父親也跟著地上的橢圓形光暈走在沙灘上，只不過我和父親離得更遠。我走在靠近大海的那邊，海浪和星點不時會飛濺到我身邊。

——我以前有想過要開始釣魚，就在你出生前不久。

我早就知道，一樓的車庫裡放著沒在使用的釣具。不只是釣具，還有帳篷、烤肉架、大型望遠鏡和橡皮艇，從我懂事以來，這些東西一直堆在父親的車子旁邊，或許是母親經常去擦拭，那些東西看起來好像才剛堆進來的。父親明明不打算擠出時間做那些事，卻老是在網路上買東買西，然後堆進車庫，其中有些東西甚至連包裝都還沒拆過。那時還很幼小的我認為，大概是因為父親的工作能賺很多錢，所以他亂買東西也不覺得浪費，把那些東西堆在車庫裡多半也是擺給鄰居看的吧。

——我最近又在打算開始釣魚。

「我知道了。」

我們同時打開黑燈的開關。

海岸在右手邊，我們先朝北走。兩道光柱把前方的沙灘照出一片蒼白。類似貧血顏色的光暈形成長橢圓形，我們兩人走得很近，兩圈光暈幾乎貼在一起。

我早就已經料到，沙灘上偶爾會有一些不是我們想找的東西因黑燈的照耀而發光，大概五分鐘就會看到一次，有釣魚用的浮標、收據或衛生紙的碎片、嵌著塑膠珍珠的耳環、兔子造型的髮夾、襯衫的釦子。每次沙子上出現發亮的物體，奧莉安娜就會衝過去蹲下，用指尖捏起來看，然後發出小小的嘆息，把東西拋到遠方。無論多少次看見亮光，她都會衝過去撿起來，又嘆著氣丟到遠處。

聲響和景色融入黑暗之中，能聽見的只有我們踩在沙上的腳步聲和海浪聲，能看見的只有照在地面上的兩圈蒼白光暈和水平線上的漁火。我連走在一旁的奧莉安娜臉上的表情都看不清楚，只能看見她的眼中映出黑燈的光芒。

「Kazuma，鈾玻璃會發出很亮的光嗎？」

「我上網搜尋過照片，看起來確實很亮，不過鈕扣或紙片之類的東西也會發出亮光。」

「那我只要把每一個發亮的東西都拿起來看，就能找到鈾玻璃了？」

「是啊，奧莉安娜。」

母親死了以後，父親有一次在夜晚帶我去海邊。

（五）

一週後，我和比平時來得晚的詩特莉換班，接著離開荷莉家，開車前往海灘，坐在副駕駛座的是穿著牛仔褲和厚外套的奧莉安娜。

我誠實地告訴荷莉我們要去都柏林灣找海玻璃。帶著黑燈，兩人一起找尋釉玻璃形成的海玻璃。我沒有說出理由，荷莉也沒有問，她只說了這句話就答應讓我帶奧莉安娜出去。

——詩特莉以前很珍惜呢，真懷念。

我把車子停在岸邊的停車格，和奧莉安娜一起走下石階，來到沙灘，各自拿著一支全新的黑燈手電筒。看不見的海洋飄來潮水的味道，夜晚帶來的隱約不安逐漸滲透到我的下腹部，汽車從背後的馬路駛過，引擎聲漸行漸遠。

「要分頭去找嗎？」

奧莉安娜如此問道，她的聲音和海浪聲混在一起。海水近在眼前，在一片漆黑之中只能看見白色的浪花。

「這裡太暗了，還是一起行動比較好。」

我看見地上有一根長長的枯樹枝，就撿起來插在沙灘上。

「做記號可以避免在同一個地方重複找尋。我們先找北邊，再找南邊。」

得無影無蹤。

——一定找不到啦。

我配合她的身高蹲低身子，用提議惡作劇一般的語氣說道：

——我有一個好方法。

如果把黑燈打在海灘上，鈾玻璃就會發出亮光，自己透露出位置。當然，前提是海灘上真的有鈾玻璃。奧莉安娜聽了就問我什麼是黑燈，我告訴她這種東西跟詩特莉剛才說的『bug zapper』一樣會發出紫外線，接著又簡單解釋了什麼是紫外線。黑燈也有手電筒的樣式，如果在夜晚帶著這東西去海邊大範圍搜尋，或許可以找到鈾玻璃形成的海玻璃。我這麼告訴奧莉安娜時，她一直沒有開口，但臉上隱約顯出了各種複雜的表情。

最後她抬起頭，清晰明確地說出：

——我要去找。

我看著電腦螢幕，移動滑鼠，把游標移到購物網站的書籤按下去，在搜尋欄輸入「black light」，隨即出現十多件商品。我選了小孩用單手拿得動的小型手電筒，訂購兩件。商品還有庫存，幾天之內就會送來。

我這麼做究竟是不是正確的？

買完黑燈後，我的右手依然抓著滑鼠，愣愣地盯著螢幕好一陣子。

——如果找到了，或許願望就能實現。

——妳有什麼願望？

我這是明知故問，不過奧莉安娜的答案和我想得不一樣。

——我希望媽媽的願望能實現。

——荷莉有什麼願望呢？

奧莉安娜在三角帽子底下垂低金色的睫毛。

——我不知道。可是……聽說所有願望都能實現。

荷莉的願望一定是想活下去。她一定很想繼續活下去，繼續和奧莉安娜在一起，看著奧莉安娜的成長，看著她喜悅，看著她沮喪，看著她重新振作，看著她穿上成熟的新衣服，看著她愛上某個男孩，看著她和那男孩相互依偎。

但是荷莉的願望恐怕無法實現了。

——我好想看看那孩子的笑容。

荷莉躺在床上如此喃喃說道。

——只要再一次就好了。

我在門廊上和奧莉安娜看著彼此，一邊思索著。

思索，思索，思索。

——要不要去找找看？

奧莉安娜猛然抬頭，眼睛睜得老大，但這訝異的表情就像退潮似的，瞬間消失機器，在日本也很常見，像是便利商店門口之類的地方。蟲子一看到紫外線就會被吸引過去，然後被電死。

「我們一直很珍惜那塊海玻璃，但後來不知道丟到哪裡了。如果那個東西現在還在的話……」

在門廊的燈光下，詩特莉的神情突然變得很落寞。她輕嘆一口氣，抓住大門的門把，走進去之前還簡短地說了一句話。就像是吐出來……不，她確實是把那句話啐出來的。一句被丟在地上、沒人想去撿起的話。

「就不會發生這種事了。」

（四）

那天晚上，我在自己的公寓裡看著電腦螢幕。

我上網查了鈾玻璃的資料，得知這東西確實很貴重，不過我搞錯了一點，我以為現在沒人製造鈾玻璃，但美國和捷克依然有少量的鈾玻璃製品，還會出口到國外。

——我想去找找看。

詩特莉離開後，奧莉安娜低著頭如此說道。門口的橘色燈光把她的影子清晰地打在門廊上。

「是紅色或橘色的嗎?」

聽說這兩種顏色很少見。

「不是,是更貴重的。」

她說是鈾玻璃形成的海玻璃。

「那的確……」

很珍貴。

不,何止是珍貴。真的有這種海玻璃嗎?

我聽人說過,鈾玻璃如同其名,在製作時加入了鈾,分量當然沒有多到足以影響人體,混在其中的鈾元素會讓玻璃呈現出美麗的黃綠色。不過鈾玻璃最大的特色不是色彩,而是在紫外線的照射下會發出亮光。

鈾玻璃在十九世紀中期由歐洲流傳到全世界,在一九四〇年代逐漸消失,這是因為鈾開始用於核能發電。容器、花瓶、杯子、首飾,在這短短一百年間製造出來的鈾玻璃製品如今都成了骨董,是花大錢才能買到的貴重物品。在核能出現後逐漸消失的鈾玻璃變成海玻璃出現在海岸的機率能有多高呢?沒想到竟然真的有人找到。

「每到傍晚,我和荷莉就會一起帶著那塊海玻璃去附近的雜貨店,用吊在屋簷下的『bug zapper』照耀。」

我沒聽過這個詞彙,從脈絡來判斷應該是捕蚊燈的意思。那是用來消滅飛蟲的出言諷刺。

「那個幸運物……是貨真價實的。自從我得到那東西，就遇上了很多好事，像是小學考試出的題目都是我有讀到的地方，吵架的朋友也不知不覺地和好了。」

「妳說的幸運物難道……」

我插嘴是為了把話題從荷莉的病情帶開，同時卻又感到厭惡，覺得自己像是在討好詩特莉。

「是三葉草（shamrock）嗎？」

三葉草是愛爾蘭的國花，在日本也是隨處可見，又稱白詰草或車軸草。在凱爾特人的觀念中，三是具有魔力的數字，所以有三片葉子的三葉草自古以來就被視為幸運物。

詩特莉嘆了一口氣，凝神望向從這裡看不到的都柏林灣說：

「是海玻璃啦。」

那是在海邊找到的小塊碎玻璃。玻璃碎片在海中漂盪多年，稜角會被磨圓，變得像珠寶一樣光滑。海玻璃不是什麼稀罕的東西，任何人去海邊找一下都能找到，我小時候也在故鄉的海岸看過海玻璃。藍色、綠色、褐色、白色，幾乎全是這四種顏色。海玻璃是玻璃製品的碎片磨出來的，由此可見市面上的玻璃製品多半是這些顏色。

「以前我常常和荷莉一起去都柏林灣找尋，有一次發現了非常罕見的海玻璃。」

沒過多久，我聽見她的尖叫聲。

我和奧莉安娜立刻站起來衝向大門，但還沒進門就聽見慌張的腳步聲，接著大門從內側粗暴地打開。

「竟然做這麼沒意義的事！」

詩特莉氣鼓鼓地瞪著奧莉安娜說道。我過了幾秒鐘，才會意過來她說的是什麼事，一定是荷莉的骷髏妝在立燈的昏暗光芒中嚇到了詩特莉。

「才不是沒意義。」

奧莉安娜全身僵硬，低聲說道。詩特莉猛力搖頭，像是要甩掉黏在臉上的蜘蛛網，接著用嘴快速吸氣，彷彿準備發出激動的吼叫，但她最後還是克制住了，她走到門廊上，關上大門。

「我早就說過了吧……妳媽媽好不起來了。」

「阿姨根本是在胡說八道，媽媽會好起來的。阿姨說話老是這麼傷人，所以我才討厭阿姨。」

聽到外甥女清楚說出「討厭」二字，詩特莉的臉上第一次失去了氣勢。

「媽媽說過，阿姨以前在萬聖節都會和家人一起扮裝，還說這是為了不被邪惡的靈魂帶走。媽媽說，阿姨比她更相信這些事。媽媽小時候生病發燒時，阿姨還把寶貴的幸運物放在她的枕邊，讓她感到安心。」

奧莉安娜說話時，詩特莉露出了心虛的神情，但隨即提起臉頰肌肉，像是準備

「我很不會和阿姨相處。」

奧莉安娜轉頭看著我。先前籠罩在我們身邊的橙色夕照不知何時已經消失，她的臉在黑暗之中格外顯眼。

「大概是因為我們的名字相反，所以才合不來。」

「名字？」

「爸爸跟我說過，我的名字在以前的語言裡是『黎明』的意思。」

「那詩特莉呢？」

她說那在以前的語言裡是『星星』的意思。

「所以我們合不來。黎明和星星在一起會很奇怪吧？」

奧莉安娜的眼睛像在傾訴什麼。或許她已經知道母親死了之後自己會被阿姨收養，畢竟沒有其他可行的選項。

「聽到阿姨欺負你，我就更討厭阿姨了。」

奧莉安娜的視線再次望向歐洲冬青。

「阿姨老是胡說八道。」

她指的是我的英語，還是荷莉的病情？我還沒想出答案時，黑暗之中有一對車頭燈朝我們靠近。院子外面木柵欄的影子像是要刺穿我們似地伸長，車子開了過來，那是詩特莉的舊汽車。詩特莉緩慢地下車，瞄了蹲在陰暗院子裡的我們一眼，但什麼都沒說就走進屋內。

立燈應該亮著，玻璃窗內看得見微弱的光輝。

「為什麼這樣問？」

「因為前陣子阿姨在門外對我說了很難聽的話。」

奧莉安娜在我身旁蹲下，看著歐洲冬青的枝頭。

「關於你的英語……」

「妳都聽到了？」

所以她當時才會開門出來？為了不讓詩特莉繼續說下去，或是為了阻止我跟她吵起來？

「她說得沒錯，所以我也無可奈何。」

「你說英語很自然，而且我喜歡你說話的方式。」

奧莉安娜試圖安慰我，不過前半句和後半句根本互相矛盾。

我這輩子第一次學英語是在國中時代，授課的是新聞老師。那是一位四十多歲、個性認真的男老師，教學非常賣力，但完全不會說英語。不只是新聞老師，當時的英文老師多半都是這樣，雖然會念課本上的英文，但發音就像在說日文的外來語，我們無法學到真正的英語，只是為了考試而背誦單字文法。母親在我國一那年死了以後，我除了最有興趣的理科以外完全不讀其他科目。國三的夏天發生那件事之後，我開始洗心革面，勤奮學習所有科目，但是英語發音直到現在都沒有進步。

我不是在怪罪誰，大概是我的天分和努力都不夠吧。

有個硬邦邦的東西壓在我的頭髮上。

「夜晚快要到了。」

奧莉安娜不知何時走到我的身後，她身上穿著亮綠色的妖精服裝。今天是萬聖節，愛爾蘭的學校都放假了，奧莉安娜從早上就穿起了早已準備好的服裝。

我摸摸自己的頭，把她放在我頭上的東西拿下來。那是妖精的帽子，和奧莉安娜戴的帽子有點像，但不是布做的，而是用綠色的紙做的。

「回去的路上也要戴著喔。」

「謝謝妳，奧莉安娜。」

我把帽子戴回頭上。

「荷莉呢？」

「穿著骷髏的打扮睡了。」

荷莉依照約定，在奧莉安娜的協助下把自己的臉畫上骷髏妝，而且成果遠遠超出我的預料。擅長黑白畫像的插畫家，以及繼承了母親才華的女兒，兩人合力畫出的骷髏妝逼真到可以直接用來拍恐怖電影。荷莉伸長手臂拿著小鏡子打量自己的妝容，眼中露出滿意的神色，一旁的奧莉安娜也露出同樣的眼神，但是眼睛以外的地方都像麻痺似地毫無表情。

「Kazuma……你一直在想詩特莉阿姨的事嗎？」

回答之前，我先回頭看了荷莉房間的窗戶一眼。燈是關著的，不過房間角落的

越來越重。我有時會突然發現，自己掛心的不是患者和家屬，而是如何擺脫這份重擔，不禁感到愕然。當然，我不可能真的逃走，我也做不到，但我暗自斥責自己之後，想要逃跑的心情又會不知不覺地浮上心頭。走在路上時，我對擦身而過的每個人都感到一絲絲的怨恨，回到公寓睡覺時，還會夢見自己幫一臺巨大的機械死命地重新插上插頭。

背後的太陽下沉，四周景色迅速變暗。

看著這幅景象，讓我突然想到一件事。

都柏林和我出生的城市正好左右相反。我很驚訝，為什麼我至今都沒發現這件事。我在心中比對兩地的地圖，面積差不多，而且都有一側被海岸線侵蝕，我出生的城市是西側，都柏林則是東側。

不對，我真的現在才發現的嗎？我是不是早在決定搬到都柏林時，就已經隱約察覺到兩地的相似之處了？我察覺到的或許不是相似之處，而是襯托出相似之處的巨大差異。在我的故鄉，太陽會沉到海面下，在這個城市，太陽是從海面升起。當新的一天到來，這個城市會最先照到耀眼的晨光。當年的我想要逃離故鄉，但我或許不是真的想逃。當世界地圖浮現在我的腦海時，或許我是想找一個類似故鄉、卻是太陽升起的地方，重新展開自己的人生。一個沒人認識我的地方。我決定不留在日本工作，而是要去愛爾蘭，或許也不是因為這個國家是安寧照護的發祥地。

「戴上這個吧。」

她的回答讓我完全意想不到。

——你剛剛說的我只能聽懂一半。

怎麼可能？我的發音當然不像本地人這麼道地，但我能得到這份工作，就表示我的語言能力足以應付護理師的工作。詩特莉說我的話她只能聽懂一半，我並不相信，但又無法百分之百斷定她是在說謊，所以我雖然怒火中燒，還是只能簡短地道歉。她一副抓到對方弱點的樣子，厚厚的臉頰提高，鼻子哼了一聲。

——為什麼我妹會把人生最後的時間託付給一個連我們的語言都說不好的男人啊？

她似乎是故意說得很快。一股熱意衝上我的鼻腔，讓我一句話差點脫口而出，但我背後的大門突然打開，我回頭一看，出現在門口的是奧莉安娜的剪影，她在逆光之中看起來比平時更瘦小了。

詩特莉關掉汽車引擎之前，瞇起眼睛緊盯著我，小聲地說道：

——快要死的人沒有比較了不起。

荷莉的身體狀況現在還能勉強維持住，但是在醫生許可的範圍內，她使用嗎啡和抗憂鬱劑的頻率和劑量都增加了，她確實一步步地接近死亡。

詩特莉的存在。不再笑的奧莉安娜。不明就裡的荷莉。我不知道自己到底該怎麼做，我雖知道目標在哪裡，卻不知道要如何到達。我天天來到這個家，但是居家安寧照護專屬護理師的重擔比我想像得更沉重，默默壓在我肩頭的重量明顯變得

——只要再一次就好了。

那天夜裡，引擎聲一如往常地響起，我立刻走到屋外，等待詩特莉的車開過來。帶著渾身的敵意。荷莉房間的窗戶是關著的，應該不會聽到我們說話，其實我也不在乎被她聽見。

我走到車旁，詩特莉打開駕駛座的車窗。

——妳為什麼沒有遵守和荷莉的約定？

我說的是在護理中心發生的事。當時荷莉得知痊癒無望，決定停止治療，詩特莉明明答應過她不會把這件事告訴奧莉安娜的。

——我從一開始就不同意。

引擎仍然在發動，詩特莉把手肘靠在窗框上，兩邊嘴角下垂，眼睛不悅地瞇起，看都不看我一眼。

——我全部都反對。我反對她停止治療，也反對她一邊讓我們照顧一邊等死。

——很遺憾，從醫學的角度來看，就算繼續接受治療也不太有痊癒的可能。荷莉是認真聽了主治醫生的說明，完全了解情況，才選擇了安寧照護。癌症治療的痛苦只有接受治療的病患才知道，我當然也無法理解，所以我們更該盡量想像她的心情，尊重她的選擇。當然，也包括她要怎麼度過最後的時間。

我還沒說完，詩特莉的眼中已經露出不耐。

——你講的話很難聽懂耶。

「根本沒有意義。反正荷莉也好不起來了。」

（三）

院子裡的歐洲冬青和我蹲下時一樣高。

荷莉四年前在個展上聽一位日本女人說了琉璃灰蝶的事以後，就種下這棵歐洲冬青，和她同名的樹。光澤亮麗的樹葉在夕陽的照耀下閃閃發光。

歐洲冬青的葉子像被四、五個小人拉扯過，邊緣有尖尖的鋸齒。這種形狀優雅的葉子經常被當成聖誕節的裝飾，我在日本也看過做成這樣的塑膠製品。那是母親還在世的時候，我們依然一家和樂的時候。

——奧莉安娜不笑了。

在我聽見詩特莉那句殘酷話語的隔天，荷莉如此說道。

——或許是和生病的我待在一起，讓那孩子感到疲憊了。

我沒辦法告訴荷莉我聽到了詩特莉在門外說的那句話。即使過了一週，我還是說不出來。

——我好想看看那孩子的笑容。

荷莉話一出口，眼淚就奪眶而出，沿著刻劃在她乾瘦皮膚、不符合年齡的皺紋流下。這是我第一次看見荷莉流淚。她摀住自己的臉，低聲啜泣。

「我該告訴奧莉安娜實話嗎？我現在應該告訴女兒自己就快死了嗎？死亡只有一次，所以絕對不能失敗，尤其是會牽扯到那孩子。」

「表達的時機還是其次，更重要的是表達的方式。」

這是安寧護理中心每個職員在員工訓練時都會學到的標準答案，不過這也是我累積了四年實務經驗之後堅信不疑的原則。

「因為奧莉安娜將來必定會一再想起妳當時說過的話。」

「我還有時間考慮該怎麼說嗎？」

她中斷治療、轉入安寧護理中心時，主治醫生宣布她只剩兩個月的生命，如今已經過了三個半月。不過醫生宣布的剩餘生命通常比按照數據推論的時間更短，因為病患如果比宣告的時間死得更早，家屬可能會很生氣，甚至會控告醫生。

「我覺得應該沒問題。」

荷莉閉著嘴巴抬起臉來，從一旁的桌上拿起杯子湊到嘴邊，水只剩一點點，她才喝一口，杯子就空了。

「我去倒水吧。」

「謝謝你，**Kazuma**。」

我拿著杯子走出房間。反手關上房門時，屋外傳來詩特莉的聲音。

「真愚蠢，妳幹麼這樣糟蹋自己的頭髮啊？」

她粗厚的聲音穿過門板傳入我的耳中。

「你在護理中心不是跟我聊過母親的事嗎？」

「是的。」

她問起我的母親時，我很坦白地回答，說我母親過世得很突然，是被不守規矩的年輕人騎機車撞死的。我還提到自己當時的感受，以及後來盤踞在心中的念頭。

「奧莉安娜的父親也是意外過世，所以我覺得你一定可以理解奧莉安娜的心情。而且她很快又要失去母親，到時她要面對的感情，你也早就經歷過了，所以我認為你比其他人更值得依賴，更能讓她打開心房。我會請你負責居家照護也是因為這個理由。」

「原來是這樣。」

我聽祕書處的人說過，是荷莉指定我負責她的居家照護。

安寧護理中心和一般的醫院一樣，病患不會有專屬的護理師，而是由值班護理師一起照顧病患。荷莉決定改成居家安寧照護時，她從二十六位護理師之中選中了我，雖然這份重責大任讓我有些胃痛，我還是感到些許自豪，但更多的是驚訝。她為什麼會選我呢？在照顧病患這方面，我算不上專業老手，英語程度雖然足以應付會話，但我的日本腔調到現在還沒消失，發音也和母語人士不同。我曾不經意地問起荷莉選擇我的理由，但她只是搖搖頭，含糊帶過。

「所以……我想問你。」

「什麼事？」

「妳不擔心嗎？」

「當然擔心，不過詩特莉已經開始找工作了，再說我們夫妻倆的父母都過世了，沒有其他人可以照顧奧莉安娜。」

說到底，我只是一個照顧患者的外人，沒有資格隨便評論他們家族之間的關係。我好一陣子只是靜靜地聽著窗外的聲音，荷莉卻發出了不合時宜的笑聲。

「我跟你什麼都能聊呢。」

「因為我是外國人吧。」

我會這樣想是因為自己的親身經驗。

住在日本的時候……母親過世之後，我就躲進自己的殼中，不親近任何人，也不向任何人敞開心房。來到愛爾蘭以後，我卻直率得連從前的自己都想像不到，也能敞開心房和別人說話，包括在護理系認識的朋友，以及畢業後在安寧護理中心認識的同事。我仔細想過理由，但我所能想到最有可能的答案實在令人開心不起來，那就是國籍和外表的差異，而且不是說母語，所以感覺更加疏遠。或許是因為我認定不可能跟他們打成一片，就像處於虛擬世界，所以才能滿不在乎地接近別人，或是讓別人靠近。

詩特莉抽的香菸味道飄了進來，我趕緊關上窗戶。

「不是因為你是外國人。」

我回過頭去，荷莉直勾勾地看著我。

荷莉抬起左手，手心朝向天花板，凝神注視。無名指上的結婚戒指在關節之間晃動。

「Kazuma，你知道萬聖節起源自愛爾蘭嗎？」

「我不知道。」

「凱爾特人把十月三十一日當成一年的分界點，夏天和冬天的分界點，他們相信人間和死後世界的屏障在這天變得很薄弱，所以死者的靈魂會回到人間。」

死者的靈魂會變成妖精、哥布林或惡魔的模樣，把活人拉進死後世界。所以人們藉著分送糖果來討好死者，並且扮成妖魔鬼怪的模樣，好讓自己不被抓走。

「所以奧莉安娜才會堅持要妳扮裝啊？」

為了不讓母親被另一個世界回來的死者帶走。

窗外的說話聲傳了進來，幾乎都是詩特莉在說話。她的體格和荷莉及奧莉安娜截然相反，從醫學的角度來看完全是肥胖體型，她的聲音低沉粗厚，總是充滿了抱怨和質疑，讓人聽得很不舒服。日本有間餅乾店叫「詩特莉阿姨手工餅乾」，但奧莉安娜的詩特莉阿姨一點都不像招牌上那位溫柔的女性。

我以前聽荷莉說過，詩特莉獨自住在都柏林的郊區，靠著政府補助過日子。荷莉的丈夫在世時偶爾會援助她生活費，他六年前過世之後，詩特莉才申請了補助。

「我死了以後，詩特莉會收養奧莉安娜。」

我早就猜到了，但是親耳聽見還是覺得心情沉重。

漸靠近，車頭燈擴散的光線把窗簾照得亮晃晃的。

「應該是詩特莉來了。」

詩特莉是荷莉的姊姊，奧莉安娜的阿姨。

荷莉住進安寧護理中心時，詩特莉都會過來照顧奧莉安娜，荷莉改成在家接受照護後，她每到傍晚就會來接替我的看護工作，等荷莉睡著之後才回家，有時也會待到隔天早上。如果留下來過夜，她就會睡在仍然放在夫妻從前寢室的荷莉丈夫床鋪。

「奧莉安娜，妳可以去迎接阿姨嗎？」

奧莉安娜走出房間。我目送著那嬌小的背影離去，心中湧出陰暗的感覺，那是一種和詩特莉有關的熟悉感覺。

荷莉要改成在家接受照護時，我們跟醫生一起討論過照護計畫，我從那時就對詩特莉很沒有好感，因為她對照顧妹妹這件事明顯表現出厭煩的態度……應該說她對荷莉生病的事也感到厭煩。我很在意這件事，還趁著和荷莉獨處時婉轉地問她是不是真的要把照護工作交給詩特莉？荷莉轉開目光，說自己確實給姊姊添了麻煩，姊姊會感到厭煩也是無可奈何的事。

「我在想，奧莉安娜大概是擔心我被帶走。」

「……什麼？」

「我是說扮裝的事。」

「我公寓附近巷子裡的店家全是南瓜和蝙蝠。」

我來到愛爾蘭一直居住至今的公寓位於都柏林中心、把市區劃分成南北兩區的利菲河畔。那是一棟古老的建築，沒有任何住戶知道確切的屋齡。

「Kazuma 在萬聖節都會扮裝嗎？」

「不會……我就算換上服裝，也只敢在家裡對著鏡子笑。」

我反問荷莉和奧莉安娜的情況，她說她們每年都會扮裝。

「奧莉安娜喜歡扮成妖精，我都是扮成骷髏，不過我化妝太賣力了，扮相非常嚇人，每次有孩子來討糖果，我一打開門，就會把他們嚇得臉孔扭曲。」

荷莉摸摸自己的臉，神情像是在測量什麼，指尖緩緩地隨著骨頭的凹凸撫過。

「不過今年應該沒辦法扮了吧。」

「不可以不扮。」

趴在桌上寫字的奧莉安娜突然回頭。

「媽媽一定要扮成骷髏。」

她的語氣非常堅決，像是忘記了媽媽還在生病，而且眼神之中充滿了譴責。荷莉在女兒的注視之下靜靜地思索。

「好吧，奧莉安娜，我就扮吧。」

奧莉安娜頓時變了一副表情，笑得像是母親的病已經治好似的。我覺得很奇怪，為什麼奧莉安娜對萬聖節的扮裝如此執著呢？我正想詢問，窗外有個引擎聲逐這句也是騙人的。

發生那件事的前年，也就是我升上國二之前的春假，母親出車禍死了。發生車禍的那個晚上，受重傷的母親被送到父親工作的醫院，幫她急救的也是父親，而母親當晚就死了，還是個國中生的我怪罪父親沒有救回母親的性命，用直接的話語把無盡的怒火發洩在他身上，但父親什麼都沒說，只是默默地聽著。選擇醫學這條路時，我心想，自己將來是不是也會像那一天的父親一樣？我很害怕，我怕別人的壽命會因為我的作為而產生重大的變化，也怕被人這樣認為。

考慮良久，我才選擇了這條路。我選擇成為安寧照護的護理師，這樣既能救人，又是和父親從事多年的急診醫生截然相反的職業。

我選擇來愛爾蘭工作，而非留在日本，因為這個國家是安寧照護的發祥地。十九世紀前期，瑪莉・艾肯涵修女（Sister Mary Aikenhead）在都柏林創辦了安寧之家，也就是安寧護理中心的前身，她的精神被傳承下去，到了二十世紀，愛爾蘭和英國又建立了幾間以安寧照護為目的的護理中心，使得面臨人生最重大事件——死亡——的人們得以安詳地度過最後一段時間。臨終照護至今能普及各國，追根究柢都要歸功於瑪莉・艾肯涵修女。因此，我也想在她成就了如此大事的地方展開自己的新生活。

「萬聖節快到了。」

秋風吹進窗戶，蕾絲窗簾像在呼吸似地上下起伏。

己最喜歡的地方，他的孫女比奧莉安娜更小，根本無法理解發生在眼前的意外是怎麼回事。

（二）

九月過去了，十月也過了一半。

蕾絲窗簾染上了夜色，除了遠方偶爾傳來汽車引擎聲以外，只能聽見奧莉安娜用鉛筆寫字的聲音。她坐在荷莉的工作桌前寫功課，雙腳勾著椅子腳。她的頭髮長得比母親快，現在已經長到耳朵一半的地方了，她面對桌子而坐的背影看起來像個纖瘦的小男孩。

「Kazuma，你為什麼會當護理師呢？」

在床上坐起的荷莉問道。這一個月來，她的臉頰和身體迅速地消瘦下去。

「我父親是急診醫生，是他的影響讓我對醫學產生了興趣。」

後半句是騙人的。我會從事醫療工作是因為國三時做了一件無法挽回的事，有一條生命因為我的緣故而消失在世界上，沒有任何方法可以彌補，所以我覺得自己至少要成為救人性命的人，非得這樣不可。

「你不打算像你父親一樣成為醫生嗎？」

「我知道學費很貴，所以放棄了。」

「為了能幫上媽媽的忙，我寫完功課以後都會練習畫圖，已經進步很多了喔。」

「我早就知道妳很會畫圖了，奧莉安娜。」

不只荷莉知道，連我都知道奧莉安娜確實繼承了母親的繪畫才能。光看她的畫作，一定沒人猜得到是出自這麼年輕的女孩之手。她和母親一樣有著細緻的筆觸，沒有多餘的贅飾，畫風單純而直率，讓人一看就會忍不住被吸住目光，彷彿腦海裡也留下了相同的畫面。當然，和當了十幾年插畫家的荷莉相比，她的作品還很幼稚，但我感覺得出來，這份幼稚一定會逐漸減少，被熟練的技術所取代。

「如果要幫上媽媽的忙，一定要畫得更好才行。」

「是啊，奧莉安娜。」

「我最近常常想起爸爸說的話。爸爸說過，掉到海裡的時候，自己拉自己的手沒有用，一定要有別人來拉自己的手。所以媽媽千萬不要跟我客氣，忙碌的時候我一定會幫忙的。」

奧莉安娜的父親以製作愛爾蘭樂器為業，在六年前已經過世。荷莉主動告訴過我，那是父親為了讓奧莉安娜看看西岸的觀光勝地莫赫懸崖，全家三人一起出遊時發生的事。當時奧莉安娜只有四歲，他們三人走在懸崖上，有個老人被凹凸不平的地面絆倒，撞到父親，導致他從高處墜海身亡。我去過莫赫懸崖一次，或許是為了保存自然景觀，那麼高聳的斷崖峭壁竟然沒有安裝柵欄，一看就很危險，聽說每年都會發生十起左右的死亡事故。聽荷莉說，撞到父親的那位老人是帶孫女來參觀自

奧莉安娜伸長脖子看著我手上的素描本，溫暖的鼻息吹向我的手腕。我在護理中心照顧荷莉的時候，她和奧莉安娜都叫我「Mr. Iinuma（飯沼）」，改成在家接受安寧照護之後，她們就改口叫我「Kazuma（知真）」了。

「我看到荷莉最喜歡的蝴蝶的畫像了。」

「等媽媽病好了以後，你再拜託她幫你畫肖像畫吧。」

奧莉安娜笑了，像是在調侃我。我一時之間不知該作何表情，只能用手遮臉，敷衍過去。

奧莉安娜不知道這是安寧照護，不知道三十六歲的母親隨時都會離開這個世界。荷莉告訴奧莉安娜自己住過一陣子的護理中心只是「新的醫院」，改成在家接受安寧照護時，她也騙奧莉安娜說自己的病快好了，才改成在家治療。

——Kazuma，我也要拜託你。

這樣做真的好嗎？讓奧莉安娜沒辦法準備好和母親離別，而那一刻還在不斷地逼近。荷莉從護理中心搬回家的時候，奧莉安娜去摘野花做成花束，說著「恭喜出院」交給荷莉。她深信母親的病會痊癒，直到現在依然毫不懷疑地露出笑容。每次看見她的笑容，我就會想到協尋失蹤人口的告示，想到那些對即將發生在自己身上的事渾然不覺的天真笑臉。

「等媽媽開始工作以後，我或許可以幫上一點忙。」

奧莉安娜站在床邊，握住母親的手。

「那是四年前種下的。我知道那種蝴蝶之後，立刻種了那棵樹。」

「『荷莉的藍色』有來過嗎？」

「一次都沒有。」

她閉上蒼白的嘴脣時，玄關的門發出聲響，接著有個腳步聲跑過客廳，房門猛然打開，背著鮮豔粉紅色書包的奧莉安娜跑了進來。

「妳回來啦，奧莉安娜。」

躺在床上的荷莉笑著說道，女孩也回以燦爛的笑容。現在還沒到冬天，奧莉安娜卻戴著毛線帽，這是因為她的頭髮只有短短幾公分。

荷莉從護理中心搬回家那天，奧莉安娜用做勞作的剪刀剪掉了自己的頭髮。原本長度披肩的美麗金髮被她緊貼著頭皮剪到一點都不剩。

——都一樣的話就不用害羞了吧？

荷莉見狀什麼話都說不出來，雙手顫抖著摀住臉孔，指縫之間露出的眼睛睜得老大，呼吸變得非常急促。等到鎮定下來，呼吸平順之後，她朝女兒的臉伸出手去。

——這讓我想起了妳剛出生的樣子。

她用雙手捧著女兒的臉頰，彷彿真的是第一次看見自己的孩子誕生在世上。

——可是妳已經長得這麼大了，不需要做這種事。

「Kazuma，你看過媽媽的畫了嗎？」

麼大，翅膀的花紋沒什麼特色，只有邊緣的部分塗得比較深。我在心中把那深色的邊緣內塗上色彩。就是荷莉剛才說的淺藍白色。

「……琉璃灰蝶？」

我脫口說出一個日文詞彙，她點頭回答：

「告訴我這種蝴蝶的女人也提過這個名字。」

「是日本人告訴妳的？」

「她是研究昆蟲的學者，叫作千惠小姐。四年前我借用餐廳二樓舉辦個展，她偶然來參觀。」

那位日本女人告訴荷莉有一種蝴蝶和她同名。

「她說那是她最喜歡的蝴蝶，她小時候在放學時追著蝴蝶跑，不小心摔下路邊的山坡，受了很嚴重的傷。我聽了以後很好奇那種蝴蝶有多漂亮，就用手機搜尋了圖片。」

出現在螢幕上的美麗色彩一瞬間就抓住了她的心。

「從那天以來，『荷莉的藍色』就成了我最喜歡的蝴蝶。你知道我們家的院子裡有一棵小小的歐洲冬青嗎？」

「嗯，就在那邊。」

從窗戶往右邊望去，就在她的工作桌正好能看見的位置，有一棵歐洲冬青的樹苗。

「我死了以後，會變成荷莉的藍色。」

我聽不懂她這句話的意思。Holly 是她的名字。她見我疑惑地歪頭，就露出微笑，又說了一次「Holly Blue」。

「這是我最喜歡的蝴蝶的名字。」

她說這是一種喜歡聚集在 Holly（歐洲冬青）上的淺藍白色蝴蝶。

「妳喜歡這種蝴蝶是因為牠和妳同名嗎？」

荷莉靠在枕頭上微微搖頭。她的頭髮因為治療而掉光，現在又長出了幾公分。

「你翻開那邊的素描本看看。」

她用視線示意著自己的工作桌。她靠著幫雜誌和書籍畫插畫，在丈夫死後獨自把女兒養大，但是一年半前發現罹患多發性骨髓瘤之後就不再接案了。

我拿起素描本，翻開內頁，看到一隻張著翅膀停在樹枝上的蝴蝶。那是用炭筆畫的素描，布滿整張紙面，細緻得像照片一樣，就連珠子般光滑的眼睛，以及覆蓋在翅膀上的鱗粉都完美地呈現出來。從葉子的形狀來判斷，蝴蝶應該是停在歐洲冬青上。

「這就是名叫『荷莉的藍色』的蝴蝶嗎？」

「是啊，不只愛爾蘭有這種蝴蝶，你的國家也有。」

「日本也有？」

我的視線又回到素描本上。從枝葉的尺寸來看，這隻蝴蝶大概只有拇指指甲那

「聽說人死了以後，靈魂會變成蝴蝶飛走。」

荷莉躺在床上，看著窗戶，氣若游絲地說道。

一天比一天更虛弱的她，眼中映出了遍布在低空的雲層。現在已是九月中旬，在日本想必有很多地方還熱得需要整天開冷氣，不過愛爾蘭的緯度比北海道更高，只要像這樣打開窗戶，溫度就很舒適了。荷莉的家在都柏林，但是離市中心很遠，所以沒什麼噪音，讓她得以安寧地度過最後的時光。

至少外在的環境很安寧。

「在你的國家是怎麼說的？」

「我聽說人可以投胎變成其他生物，還可以變成佛。」

「可是，Kazuma，佛不是創立佛教的人嗎？」

「我對宗教不太了解，抱歉。」

在這個國家的大學讀完護理系後，這是我當護理師的第五年了。我離開日本已經八年多，但每次看見愛爾蘭人的虔誠，我都會為自己沒有信仰一事感到羞恥。當然，我還不至於會在墓碑上塗鴉，別人叫我拿石頭丟佛像我也做不到，但我的虔誠頂多只有這種程度。

荷莉在兩個月前來到我工作的安寧護理中心，住了一個月以後，她決定剩下的時間要和獨生女奧莉安娜一起度過，所以改成在家接受安寧照護。她的到府照護是由我負責，因此我每週會有五天來到她家。

機身開始慢慢下降。

眼前的螢幕顯示著現在的位置，中央的飛機符號朝著上方靜止不動，地圖則一點一點地往下移。我照著日本時間把手錶指針調快八小時。晚上變成白天，平凡無奇的九月下旬變成白銀週（註12）的最後一天。

自從十八歲離開日本，我大約十年沒回國了。

腿上放著一幅畫，那是奧莉安娜給我的，圖畫紙上用鉛筆畫了荷莉安詳的睡臉。

——不要忘記我媽媽喔。

十歲的奧莉安娜一邊這麼說，一邊把畫交給我。

我不可能忘記的，包括荷莉的事、奧莉安娜的事、我那一夜在都柏林海邊經歷的事，還有我打從出生以來第一次相信真的有神存在的事，即使只有短短的兩個月。

（一）

陰暗的天空映在藍色的眼睛裡，依然是陰暗的天空。

註12　日本九月下旬的連續假期，包含敬老節與秋分。

不會消失的玻璃之星

262

不能入睡的刑警和狗

這市鎮五十年沒發生過凶殺案了。

案發當晚，有一隻狗從凶案地點消失了，我拚命地找尋那隻狗，在樹林裡，在馬路上，怎麼找都找不到。

不是以刑警的身分，而是以一個人的身分。

在找狗的途中，我思考了很多事，包括他殺害鄰居夫妻的理由、他心裡藏著的事、裹在他左手的白色繃帶，還有案發兩週之前他手上的菜刀。

但我完全沒想過自己的問題。

（一）

房子——男人——我。

三者排列成一直線已經過了三十分鐘左右，男人的眼睛盯著房子二樓，我的眼睛盯著男人，彼此相距大約十公尺。

這裡是城市北側高地的住宅區，地價比海灣南側更貴，陰沉天空之下的整排房子每一棟都很高級，那男人一直盯著的房子也漂亮得像是獨棟住宅廣告裡的樣品屋，有附鐵捲門的車庫、安裝在白色圍牆上的西式「返忍」（註16），牆內有一棵高大

註16 用來阻止忍者入侵的圍牆頂端倒鉤。

的懸鈴木，樹枝掛著很多圓圓的果實。現在九月才過了一半，所有果實都還是綠色的。

男人的手裡拿著一把高枝剪。

那不是一般的高枝剪，而是做了特殊的改造，長柄上方的Y字形分叉一邊連接著薄薄的砧板，另一邊連接著捕蟲網前端的網子。此時長柄朝上傾斜伸出，砧板正好和地面平行。從這東西的構造來看，男人若是按下手邊的手柄，網子就會蓋下來，抓住停在砧板上的東西。

他要抓的東西一定是鳥。

男人預料會有一隻鳥出現在他的視線裡。

我從昨天就開始監視這個男人了，他快到中午時走出了辦公室所在的大樓，到大馬路搭公車。他身上只帶著腰包，鴨舌帽低到蓋住眼睛。他在海灣北側的港口附近下了車，接著徑直走向高地上的住宅區，像現在一樣躲在圍牆後盯著那棟房子。過了一陣子，有一隻鳥飛到院子裡的懸鈴木上，全身都是灰色，只有尾巴是紅色，看起來像大型的鸚鵡，不知道是什麼品種。

鳥停歇的樹枝離二樓窗戶很近，男人一看見就立刻從腰包掏出手槍，扣下扳機。那當然不是真槍，而是鳥槍。子彈打中樹枝，鳥嚇得飛走了。男人隨即離開，再次搭乘公車，目的地是一間大賣場，他在那裡買了高枝剪、樹脂砧板、捕蟲網、含有白米的鳥飼料，然後帶著這些東西回到自己的辦公室。我一直監視到晚上都沒看見他再出來，想必是在辦公室裡趕製那個簡陋的捕鳥陷阱。

他昨天故意把鳥趕走，今天又跑來抓鳥。不知緣由的人看了一定覺得他的行動莫名其妙，但我跟蹤了他兩天，已經可以確定一件事。

「那條情報」果然沒錯。

這男人名叫江添正見，三十六歲，比我小十歲。他的工作是找尋失蹤的寵物，在老舊大樓的三樓租辦公室開了一間「寵物偵探・江添&吉岡」，由江添正見和吉岡精一共同經營，但是根據我至今查到的消息，出去找寵物的只有江添一個人，另一個叫吉岡的人大概是負責行政之類的工作吧。

我從小到大都沒有養過寵物，連想都沒有想過，所以一點都不了解這方面的事，但我聽說江添在養寵物的族群之間非常有名。他們公司的網站上寫著「尋回寵物機率90％」，請他們協助搜尋失蹤貓狗，幾乎都能找回來，因為口碑非常好，在外縣市也有不少客戶。

江添的背影抖了一下。

我抬頭一看，和昨天一樣的灰色鳥兒又飛來了懸鈴木上。江添把高枝剪像機關槍一樣架在肩上，蹲低身子走出小巷，緊貼著白色圍牆走向那棵懸鈴木……不，他又折回來了，如同倒帶一般，他退回了先前躲藏的圍牆轉角。

「看，在那裡。」

有個聲音逐漸靠近。

「哪裡？」

「就是那裡啊。二樓不是有個窗戶嗎？就在窗前。」

「啊，真的耶。在那裡。」

有兩個人從通往海邊的坡道走上來，一個是花白短髮的老人，一個是穿著高中棒球隊制服的男孩。男孩對老人使用敬語，看來他們不是祖孫。他們一邊小聲地竊竊私語，一邊走近那棟房子。

「……應該是這戶吧？」

老人嘴巴半張，仰望著豪華的房子。

我和江添從各自躲藏的圍牆後方看著他們。

這時發生了一件驚人的事，灰色的鳥兒從懸鈴木飛起，看似要降落在圍牆外側，結果竟然停在高中生的肩膀上。

「真的假的……」

老人苦笑著拍了一下自己的額頭。

兩人簡短地說了幾句話以後，老人就單獨往坡道走回去，留在原地的高中生頂著肩膀上的鳥兒，僵硬地轉身，按了門柱上的門鈴，對講機裡傳出女人「啊！」的喊叫，大門喀的一聲解開門鎖，高中生開門走進去。

接著是喀嚓一聲，大門關上了。

躲在圍牆後的江添低下頭，好一陣子沒有動靜，最後他發出嘖的一聲，蹲下來縮起高枝剪，如同營養失調的消瘦臉龐寫滿了不悅。

我花了一些時間才想通眼前發生了什麼事。

「工作泡湯了嗎？」

我走出小巷，朝著江添的背影說道。我還以為他會嚇一跳，但是他毫無反應，過了幾秒才鄭重其事地轉過身來，冷淡的雙眼從瀏海的縫隙之間注視著我。

「你是寵物偵探江添正見吧？」

他沒有回答，而是把目光移回手上的陷阱，繼續收拾。仔細一看，連接在長柄前端的砧板上黏著一個倒過來的寶特瓶瓶蓋，裡面有些小顆粒，多半是他昨天買的鳥飼料。

「你是被請來找鳥的吧？那隻鳥從這間房子溜出去了，飼主拜託你找回來，你還特地準備了捕鳥陷阱來到這裡，鳥卻飛到剛剛那位高中生的肩上，然後他走進房子，鳥平安無事地回到飼主的家，所以你的工作泡湯了，沒錯吧？」

我不知道剛才那兩個人是誰，大概是偶然發現了迷失的鳥，所以跟過來找尋飼主。鳥本來停在這個院子的樹上，不知怎地竟飛到高中生的肩上，他只好帶著鳥兒去按門鈴，屋裡的人看到了就打開門讓他進去。

「是沒錯啦……」

江添終於開口了，但他的眼睛依然盯著自己的手邊。

「妳是誰？」

「我是警察。」

我還以為他這次一定會嚇到，但他還是不動如山。

「我不記得做過什麼需要警察來關切的事。」

「我倒是聽說了一些。」

至於罪名嘛，應該是詐欺罪。

上個月有人打電話來警局投訴，電話被轉接到刑事課，負責接聽的是我，來電者是委託江添找尋走失貓咪的二十幾歲女性，她聲稱「寵物偵探·江添&吉岡」似乎用不正當的手段來賺錢。

每個搜尋寵物業者的收費方式都不同，最基本的三天短期契約通常是五萬到六萬圓，業者會先收取費用，然後製作協尋寵物的傳單和海報，拿出去張貼或分發，如果三天之內沒找到，之後每三天多加一次費用。協尋的寵物多半是貓狗，偶爾也有鳥、雪貂、倉鼠、土撥鼠。搜尋寵物需要花不少時間，有時費用甚至超過二十萬圓，但是委託人看到寶貝寵物找回來了都會很開心，心甘情願地付錢。「寵物偵探·江添&吉岡」的收費方式也差不多，前三天收費五萬八千圓，如果這段時間沒找到，每三天都要匯入相同金額。

「說得清楚一點，僱用過你們的某位委託人來找警察投訴，我不能說出那人的身分，只能告訴你搜尋的寵物是貓。」

某天早上，貓趁著主人打開玄關大門時跑出去，她在家附近到處找都沒有找到，所以上網找業者幫忙，而她找到的就是「寵物偵探・江添&吉岡」。江添接下這件工作，收了基本費用五萬八千圓，便開始搜尋。

她的貓是雜種貓，兩眼上方的花紋很像一對極粗的眉毛，因為有這個明顯的特徵，她心想或許很快就能找到，但是過了一週仍然沒有收到尋獲的通知，她每三天匯款一次，到了第九天，她已經打算放棄了，因為到了隔天費用就會超過二十萬圓，她覺得快要負擔不了了。她打電話給江添說想要停止搜尋，江添表示理解，為自己沒有幫上忙再三道歉，就掛斷電話了。但是過了三十分鐘左右，江添又打電話來，說剛才找到了她的貓，她由衷表達感謝，然後和江添裝在籠子裡送回來的貓喜悅地重逢。

「在你接受委託找尋貓的期間，有人在路上看見了那隻貓。」

她偶然去到一間酒吧，對男店員說起自己的貓咪走丟，以及找回來的經過，還把手機裡的照片拿給對方看。店員一看就說自己見過這隻貓，地點離她家很近，當時是黃昏，有個男人提著寵物用的籠子在小巷裡和男店員擦身而過。男店員很喜歡動物，所以經過時看了籠子一眼，看到的就是那隻彷彿長了一對極粗眉毛的貓。

「她向店員打聽那個提籠子的男人的年紀和外貌，結果跟你一模一樣。」

一開始她只覺得有趣，心想江添一定是在開始搜索後第九天找到貓送回來的，可是日期顯然有問題，因為店員看到貓的時間是她委託江添工作的「隔天」。

「其實你早就找到寵物了，但你把寵物帶回辦公室，故意不告訴委託人，繼續抬高費用，等到對方因費用太高打算解約時，你就假裝剛剛找到了，把寵物送回去。飼主看到寵物回來了都很開心，滿懷感激地到處幫你打口碑，接著又有其他客戶上門……我有說錯嗎？」

江添扛著縮短的高枝剪站起來，眼看就要轉身離開，於是我緊跟在他身後，繼續說道：

「昨天那隻鳥停在院子裡的樹上時，你用空氣槍把牠趕走了。你是擔心飼主發現鳥在外面，一打開窗子鳥就會飛回家，這麼一來你的工作就泡湯了，所以你開槍把鳥趕走，回去做了陷阱，今天又來到這裡，想靠那奇怪的陷阱抓住鳥帶回辦公室，騙飼主說還在找尋，每三天多收一次費用。如果不這樣想，那就說不通了吧？因為昨天鳥停在樹上時，屋裡的人如果打開二樓窗戶，鳥就會平安回到飼主身邊。那隻鳥一定是準備回家。」

一直不理我的江添終於頭也不回地說了一句：

「是不是真的準備回家，只有去問灰鸚鵡才知道。」

「什麼鸚鵡？」

「灰鸚鵡。」

「飛鸚鵡？」

灰鸚鵡。江添又說了一次。他說的大概是剛才那隻鳥的品種吧。

「還有，假設妳剛剛說的都是真的……」

他突然停下來，害我差點一頭撞上他那塊砧板。江添轉過身來，在極近的距離之下盯著我的雙眼。

「妳有辦法證明嗎？」

「應該沒辦法吧。」

他的表情第一次出現變化，雖然不太明顯。

「坦白說，我不打算繼續調查，也不打算向上級報告我這兩天在那棟房子前面看到的事。至少現在還不想。」

江添冷淡的黑眼珠直視著我的臉。因為職業的緣故，我早就習慣了別人的注視，不會因此轉開目光或垂下眼簾，但我從來沒有被人這樣直勾勾地看過。

「不過我有一件事要拜託你。」

在警局接到投訴電話時，我突然想到，如果江添要實行打電話投訴的女性所說的詭計，那他也得先找到失蹤的寵物。如果他只是一味抬價，最後卻沒有把寵物帶回去給飼主，在這個時代他的負面評價必定很快就會在網路上流傳開來，但「寵物偵探．江添&吉岡」卻聲稱尋回寵物的機率高達90％，看來應該不是說謊。我查了一下，一般的搜尋寵物業者的尋獲機率頂多只有60％，也就是說，他們達成委託的機率高到誇張。

「我想請你幫忙找一隻狗。」

（二）

「……妳說的那隻狗，警方從昨天就在找了。」

隔天下午一點，我去了江添的辦公室，離市中心有一段距離的老舊大樓的三樓。網站上沒有寫出詳細地址，辦公室的門上也沒有招牌，這兩件事都讓我忍不住猜測。他一定是擔心找到了失蹤寵物、藏在辦公室的時候，委託人卻登門拜訪，如果寵物是狗，或許會對飼主的味道和聲音有反應，在門裡大吠。

「我看到滿街都貼了附有照片的海報，聯絡人卻是警察局，所以覺得很奇怪。」

江添坐在矮桌上，雙眼從瀏海底下盯著我。我坐的是雙人沙發，但他可能不想坐在我身邊，所以把桌子拉開，坐在上面。這個辦公室有兩個相鄰的房間，後面還有一道門，我們待的這個房間有電視、冰箱，以及堆著杯子和泡麵碗的流理臺，但是沒看到收納櫃和電腦之類的東西，辦公的地方大概是在那道門後面。

「……所以呢？」

霧玻璃外面雨聲不斷，屋內充滿了淋溼的狗一般的味道。這場雨從昨天我跟江添分開之後就開始下了，直到現在還沒有停止的跡象。

「我想請你找出那隻狗，當然也會照規定支付費用。」

我想找的狗是公的拉布拉多，牠有個拗口的名字，叫作布扎第，全身白毛，體長約九十公分，年齡十二歲，三天前從一對夫婦遇害的案發現場失蹤。警方在案發後出動警犬搜查過，至今還沒找到，負責指揮搜查的資深刑警八重田差不多要開始急了。

「妳為什麼要找那隻狗？」

「抱歉，我不能說。」

案件發生在三天前的晚上，一對夫妻在住宅區的獨棟房子裡遭人刺死，被害人是木崎春義和妻子明代，兩人在外縣市的不同大學教書，年齡各為五十九歲和五十五歲。案發現場位於離海岸線大約一公里之處。這個城市的海灣形狀像一根倒下的釣鉤，如同片假名的「つ」字。發生凶殺案的住宅區在海灣東側，我昨天去的高級住宅區在海灣北側，而這間辦公室在兩者之間，位於海灣的東北側。

被害人夫妻都是被人從背後一刀刺入心臟附近，當場死亡，發現兩人遺體的是跟他們住在一起的二十三歲獨生子，他是剛出社會一年的上班族，下班途中在家附近的便利商店買了汽車雜誌，一回到家就發現父母已死。依照他的說詞，平時都會上鎖的大門那天卻沒有上鎖，他心生疑竇，走進走廊，接著看到客廳的落地窗是開著的，他朝院子裡喊了幾聲，但是沒有反應，只見平日繫在布扎第項圈上的繩子丟在地上。他父母經常把布扎第帶進屋子裡玩耍，所以他平時看到這個景象不會覺得奇怪，但此時家裡卻異常安靜。他一邊喊著不見蹤影的父母和狗，走進屋子底端的廚房，就看見母親死在流理臺前。他驚慌地跑上樓，衝進父親晚上都會待著的書房，發現父親也死了，就在桌子前，姿勢像是從椅子跌到地上。他立刻聯絡了警察，報案時間是晚上九點二十二分。被害人的推測死亡時間是晚上七點左右，所以發現時已是兩個小時之後。

解剖遺體的結果發現殺死兩人的凶器是小刀或菜刀之類的單面刃。最先發現遺體的兒子說，家裡的刀具只有廚房的菜刀，但那些菜刀一把都沒少。也就是說，凶手是用自己帶來的刀子殺死兩人，然後帶著凶器離開。其實大部分的凶殺案都是這樣。

發生案件的住宅區連白天都沒幾個路人，到晚上就更安靜了。沒有人在行凶時間前後看到有人進出被害人的家，不過在左鄰右舍打聽之後，得知布扎第在晚上七點左右吠得很大聲，像是在威嚇別人。

然而布扎第卻從案發現場消失了，至今還沒找到。

「如果妳不告訴我理由，我就不接這個工作。警方的委託最麻煩了。」

「我了解你的心情。不過，你這樣真的沒關係嗎？」

「這話是什麼意思？」

「我只是想問，你不想繼續做這份工作了嗎？你賺錢的伎倆已經被我知道了喔。」

江添的雙眼瞇得像自動販賣機的投幣孔一樣細。

「妳只是自以為知道。這是在威脅我嗎？」

我反而是無辜地睜大眼睛。

「沒有啊，你又沒有把柄落在我的手上。還是說，你真的做了什麼虧心事嗎？」

負責指揮調查的八重田懷疑某個人是凶手，那就是住在木崎家隔壁的家裡蹲青年，名叫小野田啟介，十九歲。自從父母在他五歲時離婚後，他一直和母親住在那棟房子，應屆考上的大學只讀了兩個月就輟學，之後他一直把自己關在二樓的臥室裡，沒日沒夜地玩著電動遊戲。單親媽媽成天忙著工作，案發時也不在家。

啟介以前和鄰居木崎家發生過糾紛，理由就是布扎第。他房間的窗戶正對著木崎家的院子，他抱怨說半夜狗叫聲很吵。案發大約一個月之前，啟介跑去按木崎家的門鈴，對妻子明代抗議了這件事，可是木崎家的人和其他鄰居都沒有聽到。又過了兩週，也就是案發的兩週前，啟介在傍晚時打算闖入木崎家的院子，被先生春義撞見了，春義喊了一聲，他就若無其事地走掉，但春義清楚看見他的右手拿著一把菜刀。不過這只是鄰居之間的糾紛，所以沒有鬧上警局。

案發當晚，八重田接獲報案，立刻從警局前往案發現場。向第一發現者、木崎家的兒子問完話以後，隨即去找左鄰右舍打聽，而他第一個找的就是啟介。

有沒有聽到吵鬧或什麼聲響？有沒有看見可疑人物？有沒有發現什麼異狀？八重田對著恍惚站在門口的啟介問完這一連串的問題後，突然問道：

——你受傷了嗎？

啟介當時穿著不符合季節的長袖厚襯衫，但八重田還是從布料的外觀和他左手的動作看出來了。我雖然也在旁邊，卻完全沒有注意到。

——是啊。

——怎麼傷到的？可以給我看看嗎？

啟介的眼中迅速掠過了類似敵意的情緒，但他隨即低下頭，默默地拉起左邊袖子。手肘附近捆著全新的繃帶，顯然傷得不輕。

——你是怎麼受傷的？

——我有必要向你解釋嗎？

結果我們至今還是不知道啟介受傷的理由，也沒辦法確認繃帶之下是什麼情況。

八重田並沒有直說他懷疑啟介是凶手。這男人總是這樣，從來不說出自己的想法，讓人看不穿他的心思，只想獨占功勞，他也確實靠著這種做法成功了很多次。

不過八重田這次的想法很明顯，他一定覺得讓啟介受傷的就是布扎第。從春義和明代的遺體及屋內的情況都看不出有跟凶手打鬥過的痕跡，也就是說，凶手在行凶時受傷的可能性很低。啟介闖進鄰居家殺死兩人以後，布扎第朝他狂吠，發出威嚇，咬了他的左手，所以他用手上的刀朝狗砍去，布扎第或許被砍傷了，或許沒有，總之牠逃了出去，下落不明。

如果真是如此，布扎第的身上或許能檢驗出啟介的ＤＮＡ。譬如嘴巴，或是鼻腔，或是一直戴在脖子上的皮項圈。簡單說，布扎第等於是「會走路的證據」，只要牠還沒被啟介殺死並棄屍。

「很吵耶，妳要嘛掛掉，要嘛接起來。」

我的手提包裡發出手機的震動聲。

拿出來一看，是八重田打來的。

『是我。』

他的聲音裝得威嚴十足。我的腦海清晰地浮現出他的模樣，彷彿他就近在眼前。像是刻意留的鬍碴、沒必要那麼銳利的眼神、髒兮兮的襯衫領子，令人懷疑他到現在還很崇拜古早連續劇裡的那種刑警。

『後來怎樣了？』

「我這邊還沒查到什麼。那你找到了嗎？」

我沒有提到狗，因為江添也在一旁聽著。

『還沒找到。雨從昨天下到現在，味道都消失了。』

能信任的果然還是只有人類。就算警犬的鼻子再厲害，在這種天氣也發揮不出來。

『我跟上級談過了，從今天起暫停出動警犬。』

「這樣啊。」

日本現在很缺警犬，因為人口老化的問題，有更多的失智老人走丟，需要出動警犬的機會也隨之增加，但警犬數量反而因訓練師和指導機關的減少而降低，所以很難為了一個案件持續地派出警犬。

「不好意思，我還在公車上。」

我隨便扯了個謊，很快就掛斷電話，然後轉頭望向江添，發現他露出惹人厭的笑容瞟著我。

「你那副表情真叫人生氣。」

「我本來就長這個樣子。」

「是沒錯。不過現在更惹人厭了。」

他在我回嘴之前又接著說下去。

「從剛才的對話聽起來，你們似乎還用警犬去找那隻狗。我不知道這跟什麼案件有關，反正一定是很大的案子，而且妳想要趕在前輩的前頭，搶先找出那隻狗。」

被他說中了。

「也就是說，妳不是以警察的身分來委託我工作，而是以個人的身分。妳從昨天到現在都沒有拿出警察手冊，也是因為這是個人的委託。」

這點也被他說中了。不過他接下來說錯了兩件事。

「妳一個女人卻單獨行動也說得通了。聽說刑警基本上都是兩人一起行動的。」

「比較大的組織才會兩人一起行動，我們只是個小警局，沒有那麼多人手。而且你說『一個女人卻單獨行動』也不太對，單獨行動又不是男人的專利。話說回來……」

我從剛才就想說……不，從昨天開始就想說的話衝出了喉嚨。

「如果我是男人，你對我說話的語氣也是這樣嗎？」

我當警察快要二十年了，從我以前在交通課或是到了刑事課後都一樣，無論是在打聽消息，或是向嫌犯問案，或是在逮捕現場，那些男人一看到我是女人，態度就會變得很囂張，彷彿他們在意我的性別多過我的職業，想要向我展現他們毫無根據的優勢。

「妳也沒有對我使用敬語啊。」

「我說話可沒你那麼粗魯。」

「就算面對男人或總理大臣，我還是一樣的態度。我會客氣對待的只有委託人。」

「我也是委託人吧？」

「我已經拒絕了，所以妳不算委託人。如果想要成為委託人，就說出妳想找那隻狗的理由。」

說完以後，江添使出了我先前用過的招式。

「不然我也可以聯絡警察，說妳是以個人身分來委託我工作的喔。」

（三）

回到家後，我疲累地趴在餐桌上。

我隔著桌緣看見窄裙上黏著短短的褐色毛髮，大概是江添以前藏在辦公室裡的動物的毛吧。我不知道這是狗毛還是貓毛，或是其他動物的毛，我無意識地捏起來聞一聞，當然什麼都聞不出來。

出於無奈，我把想要找到布扎第的理由告訴了江添。我以一句「你應該知道吧」為開場白，說出了那椿夫妻遇害的案件，結果他竟然不知道這件事。

——你居住的城市有兩個人被殺死了耶？

——我又不看報紙或電視新聞，平時也不跟人聊天。

於是我對他描述了案情，包括已經報導出來的內容，以及布扎第失蹤的事，甚至說了從案發現場消失的狗的身上或許殘留著某些能揭露真相的證據。不用說，我當然沒提到被懷疑是凶手的人物。

——看來很有找尋的價值。

這個看不起女人的囂張騙徒終於答應接我的委託了。

——我希望你不要把委託的內容告訴你的共同經營者吉岡，因為我不想讓太多外人知道案件的詳情。

——我沒有跟那傢伙提過委託的事啦。

——他是負責會計之類的工作嗎？

——那傢伙才沒這麼精明。他負責的是手工業務。

我不知道那是怎樣的業務，反正只要他不說出去就行了。我把早已準備好的五萬八千圓以及警察製作的搜尋布扎第的海報交給江添。海報上有好幾張布扎第的照片，還詳細地描述了牠身體及性格的特徵。

——你平時都是怎麼找的？

離開辦公室之前，我如此問道。

——靠著直覺和經驗。

他是這樣回答我的。真的沒問題嗎？

我抬頭看看牆上的月曆，每一天都用三色原子筆畫了圈，藍色的是日班，黑色的是夜班，紅色的是不值班。不過這只是預定計畫，一旦發生了案件，根本沒在管值班表，勞動基準法對於正在查案的刑警完全不適用。不管發生什麼案件，如果三週之內——所謂的「一期」——沒有解決，就會變成長期搜查，期間根本無法休假。如果我有配偶，一定會被抱怨吧……不，一定會被責怪的。努力工作的男人可以得到妻子的慰勞，努力工作的女人只會得到丈夫的責怪。

一定是這樣。

（四）

隔天早上，從木崎家出來的江添和我在旁邊的小巷子裡會合。

「你有依照事前討論的內容跟他說吧？」

「是啊，我說我是主動來幫忙的，他應該沒有起疑。」

江添走向大海的反方向——也就是東邊。這裡是老舊的住宅區，其中有些房子改建過，所以眼中所見的建築物新舊不一。筆直走出小巷後，前方是一片田地，更過去則是樹林。

「他答應讓你去找布扎第？」

「用不著他答應，我想找就能自己去找。他也很配合就是了。」

江添剛才去見了木崎貴也，他是被殺害的春義和明代的兒子，也是遺體的第一發現者。因為我們需要關於布扎第的詳細資料，所以江添才要去找他打聽。只讓江添一個人去，是因為貴也認得我。我們商量好的說詞是江添在路上看見協尋布扎第的海報，想要自告奮勇幫忙找尋，所以去他家拜訪……結果似乎十分順利。

「此外，他家裡還有個奶奶。」

「那是他的祖母。聽說她很擔心孫子貴也，所以案發之後就從外縣市搬過來住。」

「她瘦得像幽靈一樣耶，不知道是不是本來就這樣。今天明明是敬老日哪。」

這是白銀週的第三天。和前兩天截然不同，今天是秋高氣爽的好天氣。

「你錄音了嗎？」

江添被我一問，就從背包裡拿出藍牙無線耳機，一個塞進自己耳朵裡，另一個交給我。趁著他在操作手機時，我先用襯衫下襬擦了擦耳機，才塞進耳朵。江添開始播放手機的錄音ＡＰＰ。幫忙……義工……所以……費用……他迅速跳過了開頭自己說話的部分，接著傳出了貴也的聲音。

『在這世上……果然還是有好人的。』

手機播放出貴也把江添帶進屋內的聲音，接著是開冰箱和拿杯子的聲音，倒飲料到杯中的聲音，江添很沒教養地窸窸窣窣喝著飲料。

『對了，我想問一下關於走丟的狗的事情。牠對市內哪些地方比較熟悉呢？像是經常去散步的地方。』

『我父母經常帶狗去那邊的樹林。裡面不是有條步道嗎？他們都會走到盡頭，到樹林裡面。』

現在江添要去的應該就是那個地方吧。

『會去海岸嗎？』

『從來不去。牠很怕海，一到海邊就會怕到走不動。』

『喔喔，有些狗的確會這樣呢。』

江添說他對委託人都很客氣，看來是真的了。不過他已經接了我的委託，對我的口氣卻還是沒有改變，一定是因為我是女人吧。

『從樹林北邊出去不是有條大馬路嗎？他們也常常過馬路到對面去。』

那裡是城市的東北側，也是江添辦公室的所在之處。

『我父母會去那邊的動物醫院。可能是在候診的時候交了很多狗朋友吧，牠每次走到那附近都想要衝進去，讓我父母很頭痛。』

『動物醫院啊，對對，那裡有一間。』

『是啊，兩層樓的建築。看來狗也喜歡見朋友呢。』

聽起來和警方已經掌握到的情報大同小異。我對江添這麼說，他指著自己的耳機，像是在表示「仔細聽」。

『我在牠小的時候也很疼牠，簡直像兄弟一樣親密。』

『你叫牠都是叫名字嗎？』

『不會，我很少叫牠的名字，因為太長了。』

『會叫簡稱嗎？像是小布之類的。』

『我父母有時會這樣叫。至於我嘛……』

他停頓了一下，像是在思考。

『我只是叫「喂」。我沒有這樣叫過父母，所以牠知道我是在叫牠，一聽到就會立刻跑過來。我一叫「喂」，牠就會回答「汪」。』

貴也沉默片刻，然後帶著鼻音聊起了和布扎第之間的往事，像是在院子裡互相追著跑，然後一起洗澡，他國中時代被爸爸罵哭，布扎第還為他舔去眼淚。

『牠到底去哪裡了？真叫人擔心。外面或許會有壞人欺負流浪狗，而且隔壁……』

糟糕了。

『隔壁？』

停頓。

『就是那個……隔壁有個男孩，比我小四歲，現在應該是十九歲，該怎麼說呢……他不太適應這個社會，那男孩以前……』

『小貴。』

遠處傳來聲音，聽起來很沙啞，像是從狹窄的喉嚨硬擠出來的，大概是貴也的祖母吧。她大概用表情暗示了什麼，只聽到貴也輕咳一聲，沒有繼續說下去。見他沒提起啟介的名字，讓我暗自鬆了一口氣，這時江添停止了播放。

「他提到隔壁的男孩……妳聽說過什麼嗎？」

「好像去抱怨過狗叫聲很吵。」

我用最簡潔的說法敷衍過去，江添輕輕點頭，摘掉耳機。

「這也是常有的事。」

我也摘下耳機還給他。

「只靠這些情報，你有辦法找到嗎？」
「夠多了。如果沒有這些情報，我一定會去其他地方找尋。」
「憑著直覺和經驗對吧。」
江添不理會我的諷刺，從背包裡拿出無線音箱，接著操作手機，播放另一段錄音檔案，音箱隨即傳出貴也喊著「喂！」、「喂～」的聲音。
「這是我請他幫忙錄的，這種方法在找狗時特別有效。此外還有這個……」
江添用指尖敲了敲背包裡面像便當盒一樣大的保鮮盒。裡面放了什麼呢？看起來像是一條皺巴巴的毛巾。
「我借用了狗屋裡的東西。聽說布扎第很喜歡這條毛巾，還叼回狗屋裡。」
「帶著這個東西，牠就會主動跑過來嗎？」
「不，我有另外的用途。」
到了樹林後，江添一邊重複播放錄音檔，一邊走入步道。「喂！」「喂～」「喂！」「喂～」樹林裡迴盪著貴也的聲音。別說是狗了，連人都看不見，放眼望去沒有任何會動的東西。地面堆滿落葉，或許是因為前幾天下雨，到處瀰漫著溼答答的味道，我們腳下步道的泥土也是溼淋淋的。
「警犬已經找過這一帶了。」
「跟那個無關，我們要找的是會動的生物。」
「你覺得牠還會動？」

江添立刻回答「那當然」。

「你們的網站上寫著尋回機率90％，那是真的嗎？」

「那指的是合計的機率，如果是鳥類就很難找回來了。像上次那隻灰鸚鵡一樣容易找到的案例非常罕見，找回來的機率不到50％。如果是倉鼠或蛇，機率就更低了。」

「這樣合計還能高達90％？」

「因為貓狗幾乎100％找得回來。」

除了他以外還有這麼厲害的業者嗎？

「你答應接受我的委託，真是幫了個大忙。」

「灰鸚鵡那件工作沒賺到錢嘛。昨天妳到我辦公室之前，委託人跑來取消委託，說鳥已經回家了，不用再找了。」

「所以你只是想找生意？」

「如果賺得到錢就更好了。」

他覺得這次沒辦法再像以前一樣，靠著藏起蒐尋對象的方法來抬高費用嗎？我當然不會容許他這麼做。還是說，他認為賺不到錢，是因為有把握可以很快地找到布扎第呢？

「你賺來的錢都是怎麼用的？」

「網路遊戲和小鋼珠。」

「你沒有女友嗎？」

我不懷好意地問道，結果江添的視線頓時失去焦點，彷彿想起了某個人，但我也不確定是不是這樣。

「怎麼可能有嘛……像我這種人。」

他自言自語似地喃喃說道，然後從背包拿出老舊的望遠鏡，像是要遮住臉似地靠在眼睛上，開始觀察周圍情況。他不是到處掃視，比較像是個別觀察某幾個定點，但我不知道他是以什麼標準篩選的。他的眼睛一直沒有離開過望遠鏡，走在凹凸不平的步道上卻如履平地。他褪色T恤的右肩黏著一團白色毛球，大概是從木崎家的狗屋裡拿出毛巾時沾上的。毛球在他的肩上搖晃了一陣子，最後被風吹走，飛進樹林之中。

「是說妳打算一直跟著我嗎？」

「我跟來或許可以幫上一些忙。」

「有人幫忙找確實比較好，不過找寵物是很辛苦的體力勞動喔。」

「我在學生時代練過田徑，沒問題的。」

「那都是幾十年前的事吧。」

（五）

「真是太謝謝你了。」

掛斷電話後，江添把手機放回口袋。他剛剛打電話去本市的清潔隊，詢問從四天前晚上到現在有沒有在路上撿到動物屍體的紀錄。負責人說這段時間在路上撿到三具被車撞死的動物屍體，分別為貓、狸貓和狗，狗的品種不是拉布拉多，而是博美犬。

「那隻博美犬應該是誰家的寵物吧，說不定貓也是。」

江添粗魯地點點頭，望向眼前的大馬路。平時這條路能看到的多半是貨車，或許因為現在是假期，有很多家用車來來往往。

我們沒吃飯也沒休息，一直找到下午三點左右，搜索到樹林北側的盡頭，剛到達這條大馬路，路邊有一間西裝店，停車場的人行道比馬路高出一階，我們兩人一起坐在人行道邊緣。

「這裡以前是廢棄工廠吧。」

江添回頭看著西裝店。

「那是十幾年前的事了。當時還有不良分子喜歡窩在這裡，還好現在蓋了漂亮的店面。」

找狗確實是很費體力的工作，我本來以為只是走走步道，沒想到江添還會鑽進樹林和灌木裡，有時甚至會爬上三公尺高的樹枝觀察周遭情況，一看到烏鴉就追著跑，接著又跑到路上，從外面觀察樹林。他的行動毫無邏輯，似乎真的只是靠直覺行動。我努力地跟著他跑，還不斷凝神打量四周，但是至今都沒幫上什麼忙。我牛仔褲的褲腳沾滿了落葉的碎片，運動鞋也被泥巴弄得看不出原來的顏色，積水滲入鞋子裡，連襪子都溼透了。在往北穿越樹林的期間，音箱持續播放貴也的聲音，所以我直到現在好像還能聽見。

「你以前打電話去清潔隊詢問，有沒有發現過正在找尋的寵物？」

「遇過幾次。」

江添站起來，走向旁邊的自動販賣機。

「我通知委託人時，他們的表情都很悲痛。」

如果發生車禍的是人類，警察都會收到通知。這個城市不大，交通事故卻不少，我還在交通課的時候每天都要處理這類的事，就連我們現在所在的地方都發生過死亡車禍，我記得看過報告，雖然當時不是我負責的。即使是懂交通規則的人類都會發生這麼多車禍，死在馬路上的失蹤貓狗一定比我想像得更多。

江添買了兩罐瓶裝茶回來，把一罐遞給我，我正想掏錢包，他卻一臉不耐地拒絕，我只好說了聲謝謝，接過寶特瓶。

「等一下我要過馬路繼續找，到時候會更累，妳沒問題嗎？」

「我還以為會比樹林裡輕鬆。」

「都市裡視野比較差，有很多東西會擋住視線，所以要走的距離更遠，需要檢查的地方也更多。」

「我沒問題的。」

我用他給我的寶特瓶敲了敲大腿。

「不過，你的工作比我想像得更辛苦呢。」

「妳的工作也是吧。」

我沒想到他會這樣說，一時之間不知該怎麼回應，只能繼續敲自己的大腿。江添好像也不期待聽到我說什麼，只顧著咕嚕嚕地灌茶。

「你為什麼會做搜尋寵物的行業？」

「應該是因為離家出走吧。」

他說那是他六歲的事。

「當時我住在城市北側的住宅區，就是前天養鸚鵡那戶人家的附近，那已經是三十多年前的事了。我本來和父母住在一起，不過我父親後來拋妻棄子離開了。」

「為什麼？」

「因為我母親太爛了，現在想想，她在外面大概有情夫吧，我感覺得出來，她自己也沒有遮掩的意思。我父親或許是擔心我，留下了不少錢，所以我們家變成單親家庭之後，生活還算過得去。」

某一天那些現金卻突然消失了。

「一般人都會先想到遭小偷吧？但我母親卻問我把錢拿到哪裡去了。我到現在還記得她當時說的話，她說因為她是這種人，我才會故意拿走她最重要的東西來報復她。我當時聽不懂這話是什麼意思，卻還是清楚記得那句話。話說回來，懷疑一個六歲小孩偷走鉅款也太離譜了吧，或許是因為她喝太多酒，搞得腦袋都不正常了。」

六歲的江添始終堅稱自己不知道錢到哪裡去了。

「可是她完全不聽我解釋，發瘋似地不斷大吼……我聽不懂她在喊什麼，但她不相信我真的讓我非常傷心。」

所以江添離家出走了。

他把家裡所有的罐頭和零食都裝進了大背包。

「我只聽得懂『報復』一詞，所以我可能真的是要報復她吧。我想讓母親擔心，想讓她來找我。如果有大人發現我，我就會被帶回去，所以我到處找尋沒人的地方，不過這種地方很難找，所以我走了好久好久……最後我在海灣南側找到一條廢棄的老舊排水溝，現在大概已經拆掉了，看似一條小小的隧道，開口朝向大海。」

我沒有看過那條排水溝，但小時候聽說過。在海灣還是「つ」字形時，位於南側的末端。

「後來我一直躲在那個地方。」

「你躲了多久？」

他說大概一個月。

「……啊？」

「而且我是在年底最冷的時候離家出走的，還在那裡聽完了除夕鐘聲。我後來才知道，母親雖然到處找我，卻沒有去報警。她是個像彼得潘一樣長不大的人，可能是怕被警察罵吧。」

江添用完全不符合這段話的悠哉表情喝著寶特瓶裡的茶。

「後來怎麼了？」

「我被你們救了。」

「我們？」

「喔，不對……妳當時還不是警察。」

根據他的描述，事情經過是這樣的：一月下旬，警方抓到一個經常在住宅區行竊的小偷，而他承認的罪狀之中也包括江添家的竊案。警察去他家詢問受害情況時，發現母親的態度非常可疑，屋內也是亂七八糟的，而且到處都看不到她六歲兒子的身影，在警察的詢問之下，她才說出了一切。

「這些事都是母親死前告訴我的。可能是因為喝太多酒，她死的時候還不到一般人平均壽命的一半。她告訴我這些事的時候也像喝醉時的自言自語，一邊說一邊笑。」

警方立刻展開搜索，隔天晚上就在排水溝找到了江添。背包裡的食物全都吃完了，我還得了感冒。

「如果我繼續待在那裡，八成會橫死路邊。」

他望著大馬路的眼中有小小的車影往來交錯。

「所以我到現在都不討厭警察。」

那雙眼睛突然柔和地笑了。

「對了……妳問的是我做這工作的理由。」

連我都忘了自己問過這個問題。

「當時這一帶有很多野狗，我躲藏的那條排水溝有點像牠們的祕密基地。有些狗還戴著項圈，顯然本來不是野狗，牠們大概是逃出來的、走失的，或是被丟掉的吧。」

他和那些可能曾經是寵物的狗從一開始就「相處融洽」，沒過多久，其他的野狗也對他「敞開心胸」。

「所以我跟牠們一起住在排水溝，白天在裡面玩捉迷藏，晚上一起避開人們的視線到處閒逛。那些傢伙很清楚哪裡有東西吃，我有食物也會分一些給牠們，最後回到排水溝睡覺，醒來之後又繼續玩。附近還有野貓聚集的場所，大概一個星期後，我跟那群貓也混熟了，不過狗群和貓群彼此之間很少往來。」

真教人不敢置信，但他又不像是在說謊。

「抱著大狗睡覺很暖和喔。」

江添望著大馬路陷入沉默，啪喀啪喀地搖晃著寶特瓶。

「因為有過那段經歷，所以我不知不覺地就變得很了解貓狗。每當我無意看到附近的野貓或野狗，或是有人養的貓狗，心想牠們接下來大概會做什麼，然後牠們真的就會那樣做。聽到什麼樣子的貓狗失蹤，我的心中也會浮現牠們可能會去的地方，但我也沒辦法解釋我是怎麼知道的，這就像是我會騎腳踏車，但是被人問到我是怎麼會騎的，我自己也說不上來。還有，這份工作不是我想到的，而是我的高中同學吉岡。我畢業之後一直都是打零工，跟吉岡久別重逢聊起近況時，那傢伙想到我可以當寵物偵探，他說這樣正好能發揮我的才能。」

事實也的確如此。

「所以我現在……該怎麼說呢……」

他想說什麼呢？江添看著半空，如同孩子看到了不理解的繪畫。結果他沒有說下去，蓋上寶特瓶的蓋子，站了起來。

「好了，走吧。」

（六）

晚上十一點，我們再次來到步道的入口處。

雲朵掩蓋了月亮，周遭一片漆黑。附近連路燈都沒有，唯一的光源只有對面房子二樓窗簾透出的亮光。

下午搜索市區時還是沒有找到布扎第。江添過了大馬路往北走，先去貴也提到的「菅谷寵物診所」，向院長、職員、帶寵物來看病的人們打聽，可是沒有問出任何線索。接著再次展開實地搜索，找遍所有小巷、公園、大樓停車場，我們一直播放貴也的聲音，所以不管走到哪裡都會引人側目。江添的行動還是一樣毫無邏輯，但是聽了他離家出走的故事之後，我也開始相信他的直覺了。過了兩個小時、三個小時，江添的臉色開始流露不耐，一句話都不說，最後他的行動變得越來越猶豫，讓我隱約覺得不太對勁。就算他尋回失蹤寵物的機率很高，第一天找不到應該也挺常見的吧？想到這裡，我就覺得江添的態度令人無法理解。但我又沒看過他平時工作的樣子，所以也沒說什麼。

江添直到太陽下山都沒有休息，入夜以後還是繼續找尋，但是到了晚上十點左右，他在毫不出奇的地方突然停下來，在視線不清的黑暗中，他露出了我在白天瞥見過的那種表情，就像孩子看見了不理解的繪畫。他拿出手機看天氣預報，發現明天會下雨，就嘆了一口氣。

——沒辦法，只能拜託那傢伙了。

——誰？

沒想到他竟然回答「吉岡」。

——十一點再從步道入口處重新找起。我會帶吉岡一起去，妳不來也沒關係。

我當然表示自己也要去，然後就先跟他分開了。接著我一個人穿越小巷找尋布扎第，慢慢地回到步道附近……

「嗨。」

手電筒的光芒從陰暗的小巷前方朝我射來，刺眼的燈光讓我看不清楚，隱約看見前方只有一條人影。

「吉岡先生呢？」

「就在這裡。」

「咦……怎麼回事？」

跟在江添身邊的是一隻很大的狗，牠在手電筒的光芒中逐漸顯出外貌，褐色的毛，下垂的耳朵，長長的臉，兩頰垂得比下巴更低，隨著步伐左右晃動。狗走到我身邊，抬頭望來，就像一個不好相處的老工匠沉默地打量來訪工作室的外人。

「怎麼會是狗？你的共同經營者吉岡先生呢？」

「叫吉岡的人已經死了。這傢伙是在他死前不久遇到的尋血獵犬，當時還沒取名，所以我讓他繼承吉岡的姓名。全名是吉岡精一。」

我很驚訝，他的說明竟然只有這樣。

「這傢伙是我的最後王牌，如果牠出馬還找不到，那妳只能死心了……好，開始找吧。」

江添不管還在發愣的我，從背包拿出保鮮盒，裡面放著木崎家借來的毛巾。布扎第很喜歡的、叼回自己狗屋的皺巴巴毛巾。江添把毛巾拿到吉岡的鼻子前，對著牠的下垂耳輕聲說道：

「不好意思，麻煩你了。」

吉岡沒有嗅鼻子前的毛巾，而是望向江添，露出了類似人類挑起眉毛說「你知道規矩吧？」的表情，或許牠真是這個意思。

「結束之後我會幫你按摩腳底的。」

吉岡做了個類似嘆氣的動作，終於嗅了毛巾。江添用手電筒指向步道，牠朝那邊慢慢走去，江添隔了一會兒才跟上去。我仔細一看，發現吉岡沒有繫狗繩。

「那隻狗受傷了嗎？」

我追上江添問道。吉岡走路的姿勢不太自然，彷彿身體右側掛了沉重的負荷。

「牠很久以前被車撞過，這是車禍的後遺症。」

他這次的說明也很簡短。

「你尋回寵物機率超高的祕訣就是牠吧？」

「除了車禍後遺症之外，牠的年紀也很大了，所以我現在盡量不讓牠工作，只有在我應付不了的時候會讓牠來幫忙。如果光靠我自己，尋回機率頂多只有85％。」

這樣也已經很高了。

「尋血獵犬原產於比利時，據說這種品種的狗擁有魔法鼻子，而吉岡的鼻子又特別厲害。」

「不過……我們早就用警犬追蹤過味道了。」

「那不是牠們的天職吧。狗也有才能的差別，無論是人或狗都能靠著訓練提升技巧，但是普通人再怎麼努力都比不上天才。」

江添用手電筒照著走在前方的吉岡的屁股。

「再說自古以來解決難題的都不是警察，而是偵探吧。」

我不知道該怎麼回答，只能含糊地搖搖頭。步道的泥土已經乾了，在靜謐的黑暗中只有踏過落葉的腳步聲。吉岡一邊低頭嗅著地面，一邊用不自然的腳步往前走。

「希望能在下雨之前……」

我的話還沒說完，手機就在背包裡震動，我拿出來一看，又是八重田打來的。望著亮到刺眼的螢幕，我有些猶豫。委託江添尋找布扎第的事，叫他去木崎家拜訪的事，我都沒有告訴八重田。

「辛苦了。」

因為手機響個不停，我無奈地接起來，隨即聽見那刺耳的「刑警語氣」。

『是我。』

我立刻後悔接了這通電話。

『妳一直沒有聯絡，讓我有點在意。』

「我目前還沒有收穫可以報告。」

走在前方的吉岡突然轉了方向，離開步道，鑽進右側的樹林，可能是嗅到什麼了。我感到心跳稍微變快，和江添一起跟著吉岡過去。

『喂，妳在外面嗎？』

一般公司的男上司會用「喂」來稱呼女下屬嗎？

「是啊。」

『自己一個人？』

「是啊。」

八重田聽到我的回答之後沉默了片刻，才問道：

『後來怎麼樣了？』

他的語氣聽起來像是懷疑我已經找到線索，卻沒有告訴他。

「如果有什麼進展，我會主動報告的。」

我在衝動的驅使之下掛斷電話，江添彷彿正等著這一刻，立刻從背包裡拿出上次那個音箱，操作手機放出錄音。「喂！」「喂～」貴也的聲音傳入了夜晚的樹林。走在前面的吉岡似乎沒被嚇到，依然用鼻尖貼著地面走進樹林，牠每走一步，身體的右側就會下沉一次。

「像妳這樣的下屬，我是絕對不會用的。」

「會覺得下屬是『拿來用』的人根本不該擁有下屬。」

走向樹林深處的吉岡突然停下來，「汪」地叫了一聲，我們立刻衝過去，看到牠併攏雙腳的前方有一團白色毛球。江添跪在地上，露出「怎樣啊？」的表情望向我。我非常緊張，但又覺得好像在哪裡見過這團毛球……不，所有毛球都長得差不多吧。

「這應該是白天黏在妳肩膀上的毛球。」

毛球被吹走的時候，我們正好就在這附近。聽到我這句話，江添嘖了一聲，撿起地上的毛球裝進保鮮盒。

（七）

天亮時，我們在大樓的停車場裡。

「……為什麼會有凶殺案呢？」

江添盤腿坐在移開幾輛腳踏車勉強騰出的空間，吉岡也趴在他身邊，像是很疲憊地把下巴靠在水泥地上。我靠在粗糙的牆上，聽著雨聲望著他們。我本來蹲在地上，一直努力不讓屁股往下墜，但剛剛還是忍不住坐下了。

「幾乎所有動物都不會同類相殘，因為彼此都知道要手下留情，也知道投降的信號。」

大樓的正門漸漸亮起來了。我心想大概快到早上六點了，可是我連抬手看錶的力氣都沒有。

「或許不能一概而論……根據我看過的情況，無論是順手牽羊、傷害，還是竊盜，都不會是心滿意足的人做的。」

「殺人呢？」

「我還是第一次遇見凶殺案。」

我想一定也一樣吧。

後來吉岡走遍了整座樹林，我和江添也一直跟著，一邊掃視暗處，一邊重複播放貴也的聲音，但找了幾個小時還是一無所獲。不知道是根本沒有布扎第的痕跡，還是前幾天的雨水沖掉了味道。

最後我們又從北側走出樹林，來到了大馬路。我們越過幾乎沒有車輛的馬路走向市區時，天空正微微地發白。光線如此微弱，是因為此時天空烏雲密布。

沒過多久，如同天氣預報下起了雨。

——得先讓吉岡休息一下。

我們眺望四周，找尋能躲雨的地方，只找到這個大樓停車場。江添說下雨的早晨不會有人來腳踏車停車場，看來真是如此。我們在這裡待了快一個小時，還沒有被走進來的住戶嚇到。

雨聲持續不斷，大樓正門偶爾會有住戶出門的腳步聲、開傘聲，每次有聲音傳來，吉岡的耳朵都會抽動一下。

「會感到不滿的生物只有人類。」
江添伸直雙腿，吉岡聞了聞他髒兮兮的腳尖。
「大象是唯一不會跳的哺乳類動物，但大象根本不會去想『如果能跳就好了』。雞和企鵝也不會埋怨自己不能飛，連吉岡也不會覺得自己不能正常走路有什麼不好的，看牠的臉就知道了。」
只有人類會感到不滿。當我覺得工作或人生很不順利的時候，假如有人故意踩了我的腳，我可能會比平時更激動，不過再怎麼生氣都不至於會去殺人。犯罪不會只是因為心中累積了不滿的情緒，而是有不得不這麼做的理由。不對，不只犯罪，所有的行動都有理由。
「你六歲離家出走是想要報復母親吧？因為她誣賴你偷了家裡的錢，讓你很傷心……所以你想讓母親擔心。」
「大概吧。」
「你沒想過直接向她報復嗎？」
「六歲的小孩怎麼打得贏？」
「不是啦，我是說用言語攻擊之類的。」
「如果我這麼做，她一定會更討厭我吧。」
江添皮笑肉不笑地喃喃說道，直接躺在水泥地上，抱住吉岡。他或許想起了在排水溝裡面和狗一起睡覺的事，就這麼閉上了眼睛。

我也靠著牆壁闔上了眼。此時我想到的是案發後的情況。那一夜，我接到報案後就和八重田一起離開警局，前往現場，聽完第一發現者貴也說的話，我們立刻去找左鄰右舍打聽，而八重田第一個找的就是啟介。

——你受傷了嗎？

——是啊。

——怎麼傷到的？可以給我看看嗎？

八重田問話時，啟介的眼中閃過了一抹敵視的情緒。

他左手的手肘附近包著繃帶。

——你是怎麼受傷的？

——我有必要向你解釋嗎？

大概一個月前，啟介去按木崎家的門鈴，向明代抱怨布扎第半夜的叫聲很吵，但是沒有任何人聽到牠半夜在叫。過了兩週，啟介就被人發現想要闖入隔壁的院子，而且當時他的手上還拿著菜刀。啟介的行為，左臂的傷，被人說穿時的表情，被殺害的夫妻，從現場消失的布扎第。

…………

………

……

「醒一醒。」

聽到這聲音，我睜開眼睛。我似乎不知不覺地睡著了，江添站在前方看著我，一旁的吉岡打了個大大的哈欠，然後閉起嘴巴，咀嚼著空氣。

「要走了嗎？」

他溫柔地說道，但不是問我，而是在問吉岡，吉岡像回應似地哼了一聲，江添便轉身走向大樓正門，吉岡跟在後面，我也趕緊起身。雨聲還在持續，而且似乎比先前更大，但江添完全沒放在心上，大步走進小巷。

「要去哪裡？」

江添前進的方向是我們來時經過的大馬路。

「我好像知道了。」

「知道什麼？」

他沒有回答，但腳步越走越快。過了馬路以後，他沒有走進樹林，而是往海邊去。

「我們還沒找過市區耶。」

「那裡不用找了。」

快步變成了快跑，吉岡緊追在後，我也一個勁地驅使著雙腿跟上。在小巷裡轉彎幾次後，映出下雨天空的灰撲撲海洋出現在前方，江添毫不猶豫地在灣岸的馬路向左轉，沿著空無一人的清晨街道、沿著海岸往南走。豆大的雨滴打在臉上，打進張開呼吸的嘴巴，衣服鞋子都淋得溼濡而沉重，但江添絲毫沒有放慢腳步，還是繼續奔跑，就這麼一路跑到海灣南側，經過漁船繼續前進。我從學生時代練田徑之後就沒有跑過這麼遠的距離了。前方的江添腳步開始紊亂，連我都能聽見他粗重的喘息聲，但他依然沒有慢下來。就在我的肺和雙腿都快撐不住時，雨幕之中出現了漫長的開發建設遺忘的一帶。吉岡突然猛然一躍，彷彿車禍留下的後遺症突然痊癒了，加快腳步追過了江添。牠衝向前方的矮樹林，一條漆黑的鳥影從那片荒廢的地帶飛了起來。

（八）

那邊正是江添和野狗一起住過的排水溝。

開口朝向大海，直徑大約一點五公尺的昏暗管狀空間，裡面沒有被雨淋溼，地上鋪著一層乾燥的沙子。

「原來還在啊。」

我也不知道這件事。雖然開發建設沒有涵蓋這一帶，但我還以為排水溝早就拆掉了。

「我有想過該不會在這裡吧……沒想到真的在這裡。」

江添不帶情感的聲音迴盪在排水溝裡。水泥隧道不像以前盤踞著大批野狗，只有布扎第孤零零地躺在地上。

從臭味可以判斷出牠已經死了。

「是被砍傷的。」

江添用手電筒照著布扎第，大概在腰部的位置有一道清晰的傷痕，因為牠是白色短毛的品種，所以紅黑色的傷口格外顯眼。牠是被凶手砍傷後逃出來的嗎？若是如此，牠很可能在案發當晚就來這裡了，因為後來完全沒有關於布扎第的目擊情報。布扎第拖著受傷的身體在夜晚的城市奔跑，躲進了這條排水溝，因為害怕人類，牠一次都沒有出去過，就死在這裡了。牠也有可能早就在案發現場被凶手殺死，然後被棄屍於此。不管是哪一種……

「你怎麼會知道？」

「我就是知道。」

「哪有這種事？」

「這不重要。妳不用聯絡妳的上司嗎？」

江添的眼睛望向我。

隔絕了感情、像玻璃珠一樣的眼睛。

「我得先調查一下。」

我走進排水溝，蹲在屍體旁邊，江添站在後方，拿著手電筒從我肩上照過來，我靠著這光源檢查了布扎第的全身。牠的嘴邊沾了血，那是舔自己傷口的時候沾上的，還是咬凶手的時候沾上的呢？牠身上的白毛到處都有淡淡的紅色，連牠自己舔不到的脖子周圍都有，可見那不是布扎第自己的血，或許是在案發現場沾到了被害人的血，當然也有可能是凶手的血。

我從背包裡拿出事先準備好的塑膠袋。

「準備得真齊全。」

我沒有理會江添，把手放在布扎第的身上。透過狗毛感受到了狗屍冷冷的觸感，肌肉像黏土一樣毫無彈性，指尖稍微用力就會陷入肉裡。

「告訴妳我是怎麼知道的吧。」

江添的聲音混雜在迴盪的雨聲中。

「拉布拉多原本是抓鳥的獵犬，牠們的工作是把獵人打中的水鳥叼回來，要做好這個工作就得喜歡水，而且擅長游泳，繁殖時也會專挑這種性格的狗，因此拉布拉多都喜歡玩水，看到海更是開心。」

我的動作停了下來。

「此外，很少有狗會喜歡動物醫院，因為那是發生過許多不愉快回憶的地方，狗的記性又很好，有些狗甚至會抗拒走向動物醫院所在的方向。當然，如果飼主處理得好，狗不一定會這麼排斥，但我從來沒聽過有哪隻狗喜歡動物醫院。所以這次我從一開始就覺得不太對勁。」

「……什麼意思？」

我轉過頭去，但是看不清楚背對入口的江添臉上的表情。

「如果完全忽視那傢伙說的話，重新思索，我頭一個就會想到這地方……城市南側的海邊。」

「你的意思是貴也說了謊？」

被我這麼一問，江添的口中慢慢地吁氣，那是我至今從未聽過的陰沉嘆息。

「我不了解人類的事。」

他的嘴脣幾乎沒動，如此喃喃說道，接著他說出了更令我吃驚的事。

「總而言之，隔壁的家裡蹲應該不是凶手。」

我的胸中逐漸冷卻，雨聲變得好遙遠。

「……為什麼你連這種事都知道？」

「在木崎家停止錄音後，我去院子裡看狗屋，發現了那條毛巾，我問那家的兒子能不能借我，他走過來之後，跟我說了先前被打斷的話。」

「什麼話？」

「他說隔壁的家裡蹲青年可能是殺死他父母的凶手，還說那個人抱怨過狗叫聲很吵，甚至帶著菜刀試圖闖入他們家院子。」

「……還有嗎？」

江添的剪影好一陣子沒有動靜，接著他微微搖頭。

「沒有了。」

這話或許是真的，也有可能是假的。在我還沒回應前，他已經轉頭望向等在入口處的吉岡。

「我還得幫那傢伙按摩腳底。」

說完之後，江添就轉身離開排水溝，和吉岡一起走進雨中，一邊還小聲地喃喃說著「所以我才討厭人類」。

（九）

大約兩個小時以後，我打開自家的大門。

我渾身溼透地經過昏暗的走廊，進入飯廳，靠近牆邊，站在畫了三色圈圈的月曆前。

等待著自己的心中萌生勇氣。

江添離開之後，八重田便打來了電話。我在黑暗的排水溝把手機貼在耳上，立刻聽到案件解決的消息。

——抓到嫌犯了。

因為殺害木崎夫妻的嫌疑而被逮捕的正是他們的兒子貴也。

——多虧他滿口謊言，才讓我們能這麼快破案。不過我本來就不覺得需要花多久時間。

接著八重田在電話裡一一交代了自己查到的事實。

木崎貴也說，他案發當晚從公司回家後發現了父母的遺體。他在家附近的便利商店買了汽車雜誌，回到家看見父母死了，就立刻聯絡警察。不過八重田問過他們公司，貴也是晚上六點半下班，比報警的時間早了將近三個小時，從他家搭公車到公司需要三十分鐘，怎麼算都搭不上。

——而且還有目擊情報。

晚上八點左右，有人在海邊看見很像貴也的人，時間正好在行凶時刻和報警時間之間。

——昨天下午調查那一帶的海底時找到了菜刀。

菜刀上沒有驗出指紋，但是驗出了兩位被害人的血液。八重田假裝不經意地讓貴也的祖母看見那把菜刀，她說跟他們家裡的菜刀很像，八重田要她去廚房檢查一下刀架，雖然貴也說過家裡的菜刀一把都沒少，事實上卻少了一把。

——祖母被警察問案時似乎察覺自己的孫子和案件有關，後來什麼都不肯說了。

但是八重田早就去找祖母的合唱團朋友打聽過，問到了這些事：半年前她的兒子兒媳因為很煩惱貴也的事而去找她商量，他們說貴也本來想找研究工作，結果卻成了一般公司的上班族，他們勸貴也重新找工作，貴也卻不肯聽，還用攻擊性的語氣回嘴，或許是在公司累積了很多壓力，他甚至每晚都會對原本親如兄弟的布扎第施暴。

——今天早上我請木崎貴也來警局談話，他終於乾脆地承認了，他說那天一回家就用菜刀殺了父母，然後把凶器丟進海裡。

貴也的證詞只有一個地方是真的，那就是他在報警之前先去便利商店買了汽車雜誌才回家。

——他覺得父母的人壽保險金或許買得起車子。

木崎貴也被逮捕的經過大概就是這樣。

——失蹤的狗呢？

我看著倒在眼前的布扎第的屍體問道。

——貴也殺死父母後，家裡的狗一直對他狂吠，他覺得不妙，就拿刀砍狗。狗從落地窗跑進院子，然後逃了出去，到現在都還沒找到。

貴也向警方和江添提到樹林和動物醫院的事，一定是為了避免布扎第被人找到，他讓江添錄下自己的聲音，想必是確信布扎第聽到了會害怕。如果布扎第被找到了，被人帶了回來，或許又會朝他狂吠，警察見狀一定會懷疑他，所以他提到父母帶布扎第去散步的地方時故意說了反方向。他不知道自己早就被懷疑了，還不斷說出這些幼稚的謊言。

——八重田先生……早就掌握了重要的證據呢。

這男人老是這樣，他從不輕易揭露自己的底牌。不過我並沒有加入這樁案件的搜查，他本來就沒有義務告訴我。

——我也有事要報告。

我說出自己剛剛找到了布扎第的屍體。

——這樣啊，真是幫了我一個大忙。如果狗的身上留有證據，或許有助於起訴木崎貴也。我現在就過去，妳在哪裡？

我說出了自己的位置，八重田告訴身旁的警員之後就沉默不語。我很容易就能想像出他的遲疑，以及他想說的話。

——妳真的只是碰巧發現狗嗎？

他壓低聲音問道。

——小野田……妳自己一直在找尋吧？

——為什麼這樣問？

我反問八重田，他再次停下來思索措辭，最後還是什麼都沒說。我掛斷電話，不等警員到來就離開了排水溝。後來我實在沒有勇氣回家，所以在下雨的城市裡走了很久。

如今我渾身溼透地呆立於飯廳牆上的月曆前，等待心中萌生勇氣，但我自己知道無論等多久都等不到。

二樓的地板發出聲響。

我聽見門靜靜地打開，但沒聽見有人出來，不久之後門又關上了。我的心中還沒鼓起勇氣，但我依然拖著僵硬的雙腿離開牆邊，走出飯廳，爬上二樓，站在靜悄悄的門前。我的喉嚨彷彿被捏住，發不出半點聲音，我不斷在心中默念著那個名字，卻說不出口。

「要進來嗎？」

門內先傳來了這句話。兒子有多久沒有主動對我說話了呢？我在五天前的晚上聽過他的聲音，但他當時是在回答八重田的質問，後來無論我怎麼問他，他都沒有吭聲，還是像平時一樣把自己關在房間裡。

我伸出顫抖的手，先無意義地敲了敲門，才握住門把。

開門之後，我看見啟介盤坐在電腦桌前的地板上，他透過眼鏡凝視著我溼答答的模樣。

「今天早上警察去了隔壁家。」

啟介轉動蒼白的脖子，望向面對木崎家的窗戶。裹在短袖T恤裡的身體瘦巴巴的，彷彿從他動不動就病倒而休學的小學時代到現在都沒有改變。雖然當時我已經和丈夫離婚，啟介只有我這個親人，但我並沒有放下工作陪在兒子身邊。休學之後他總是一個人待在家裡，自己照顧自己，但我回到家時，他都會笑著對我說「歡迎回家」，然後自豪地拿出字跡漂亮的筆記給我看，說他乖乖地讀完了當天應該在學校裡學習的課程。我一直覺得啟介是個堅強的孩子，自己一個人什麼都做得到，在他升上國中、升上高中之後，我對他還是維持著最低限度的照顧。後來他辛苦考上大學卻又擅自休學，不再踏出房門一步，我還是相信他能自己振作起來。我一直認定自己不該伸出援手，如果我這麼做，他就永遠無法獨立了。

「人是貴也殺的吧。」

啟介的臉再次轉過來，我趁著點頭時轉移了目光。他的房間沒有我想像得那麼凌亂。自從啟介把自己關在房間以來，就連隔壁發生了凶殺案後，我都不敢進他的房間，因為我怕他又像從前那樣朝我丟東西，我至今還無法忘記伸手遮擋時的痛楚。

「剛才上司通知過我了。」

「妳嚇到了吧？」

我努力望向啟介的臉，這次他先轉開了視線。

「連我都沒想到他會異常到這個地步。」

「怎麼說？」

被我這麼一問，啟介沉默了片刻，才開始述說我所不知道的事，彷彿早就想好了說詞。

他說他從這個房間的窗戶看到貴也每晚都去院子痛揍布扎第。

「他會毆打狗的頭部，或是背部，一次又一次。狗被繩子綁住，想逃也逃不掉。牠起初還會小聲哀號，但貴也還是摀住牠的口鼻繼續毆打，後來牠就不再發出聲音了。或許是因為這樣，叔叔阿姨他們都沒有發現。」

「所以……你才會向隔壁的太太抱怨半夜狗叫聲很吵？」

那天的事我還記得很清楚。我在傍晚時分下班回家，就看到啟介站在木崎家的門前。我幾乎沒看過他走出房門，如今他竟然站在外面跟隔壁的木崎明代說話。我急忙走過去時，啟介已經轉身走回家了。我問明代他們說了什麼，她猶豫了一下才回答：

——他說我們家的狗半夜很吵……

可是我從來沒聽過那隻狗在半夜吠叫，其他鄰居也沒有提過這件事。我很疑惑，我也相信眼前的木崎明代臉上的疑惑和我是一樣的。為什麼我兒子會抱怨這種不實的事？為什麼他會說這種謊話？

「因為我不方便直說，所以用這種方式暗示他們，我想叔叔阿姨聽了以後或許半夜會去注意狗的情況，他們就會發現貴也做的事了。如果阿姨告訴貴也我去抗議的事，說不定他就不會再虐待狗了。」

可是依照八重田所說，他們夫妻倆至少在半年前就知道貴也每晚都會向布扎第施暴。

「看到阿姨當時的表情，我感覺她似乎早就知道貴也做了什麼。後來情況還是沒有改變，貴也每天深夜還是會去院子毆打那隻狗。」

「那你帶著菜刀準備闖入他們家的院子……」

那天傍晚，我值完夜班正在睡覺時聽見門鈴響了，木崎春義滿臉怒容地站在我家門外，他說啟介剛才擅自打開他家的門，想要進入院子，他一喊叫，啟介就若無其事地走掉了。聽到啟介的手上還拿著菜刀，我整個人都慌了。我不知道啟介到底想做什麼。我立刻上二樓，在啟介的房門前詢問，等了很久都沒聽到回答，我只好回到門口，在一無所知的狀態下拚命地低頭道歉，春義看見我這個樣子，就露出了極為厭惡的眼神，像是看著一個廢物似的。他在臨走之際甚至露出了憐憫的表情，但他明明知道貴也對自己家的狗做了什麼，明明知道自己的兒子有多異常。

不，我根本沒資格批評他。

「貴也半夜走到院子時，那隻狗一開始都會死命逃跑，因為脖子上綁著繩子，最後還是會被抓到。所以我想去割斷繩子，就算不割斷，至少也要讓牠有辦法自己拉斷。」

「隔壁發生凶殺案後……你為什麼沒有說出這些事？」

我明明知道答案，卻還是這樣問他。

「因為媽媽好像在懷疑我。」

我和江添的母親一樣，和那個發現家裡的錢不見了就質問兒子的母親一樣，我懷疑了最不該懷疑的對象，所以啟介才沒有把他知道的事告訴我。這一定是他的報復，就像江添在六歲離家出走的心情一樣。

我回憶起案發當晚，接到木崎貴也報案時，正在警局值班的我和八重田一起趕到現場。當然，我在當時已經告知八重田案發現場就在我家隔壁，而且我也認識兩位被害人。到達現場後，八重田先詢問了第一發現者貴也，接著找左鄰右舍問話，他第一個找的就是啟介，因為啟介房間的窗戶正對著鄰居家的院子。八重田看出啟介的左手受傷了，而我雖然跟他住在一個屋簷下，卻絲毫沒有發現。

八重田在那一刻或許懷疑過啟介，就算是這樣，想必只是刑警對任何人都有的合理懷疑程度。依照八重田剛才在電話裡所說，他一開始就在懷疑木崎貴也了。只有我懷疑啟介，只有我覺得啟介可能是凶手。因為他抱怨過布扎第的叫聲很吵。因為他曾經帶著菜刀試圖闖進隔壁家的院子。因為他在案發過後手臂受傷了。因為我問他什麼他都不回答。因為我們多年來相依為命，但我無論再怎麼努力都沒辦法了解他的心。

我和被害人是鄰居，所以我放棄參與調查。事實上，我是因為害怕，我一想到殺死鄰居家夫妻的人可能是自己的兒子，就怕到全身顫抖。我一整晚都睡不著，天亮以後也沒力氣去警局，只好打電話給八重田請假，八重田不悅地答應了，但我不知道他是不是看穿了我的想法。

掛斷電話之後，我去了「寵物偵探・江添&吉岡」的辦公室。我想起有人投訴過他們疑似有詐騙行為，我想他們或許能比警方更快找出布扎第，還能幫忙保密。從凶案現場失蹤的布扎第身上說不定留有啟介犯案的證據，我得搶先一步把牠找出來，絕對不能讓警方的調查員先找到。如果找到時布扎第還活著，我準備把牠仔細洗過一遍，消滅證據，如果牠死了，那我就悄悄地把屍體處理掉。

「因為我什麼都不說，又一直把自己關在房間裡，而且跟鄰居發生過糾紛，媽媽會懷疑我也很合理。」

「不是的……」

「就是這樣。」

我是何時學到「無法挽回」這句話的？不管是什麼時候學的，我對這句話的印象一直是東西摔得粉碎的感覺。可是有些東西就算沒有物理上的變化，還是一樣無法挽回。雖然我只懷疑了兒子短短幾天，但是這個事實永遠不會消失。在啟介的心中，在我的心中，永遠不會消失。

「我一直很努力地試著改變。」

啟介看著地板，只有嘴角露出笑意。雨似乎已經停了，窗簾外稍微亮了一些，但是從天上消失的雨雲彷彿鑽進了我的體內，胸口又重又溼，沉重到讓我幾乎站不住。

「前陣子我常常趁媽媽工作的時候跑去漁港，問那裡的漁夫很多事，像是要怎麼捕魚，過的是怎樣的生活，因為不管是白天或晚上，漁港裡一定都有漁夫在工作。」

「你怎麼都不告訴……」

「媽媽不是不關心嗎？」

我所做的全都錯了。

「就算媽媽不關心我，我還是有自己想做的事。最近我還拜託他們讓我幫忙搬運石狗公到卸貨區，結果就變成這樣了。」

啟介一邊對著地板說話，一邊抬起包著繃帶的左手。

「我跌倒了，手肘撞上裝滿石狗公的籠子。」

我完全沒有看到真相。

「媽媽一定以為這是被隔壁的狗咬傷的吧。很遺憾，是石狗公。」

我甚至沒有試著去看。

「對不起……對不起……」

我雙眼刺痛，淚流不止，但這些都遠比不上啟介感受到的心痛。無論我怎麼道歉都不夠。我跪在地上，伸出雙手，但指尖無法碰觸到啟介，只能顫抖地抓住空氣。

「算了，沒什麼大不了的。」

兒子的視線從母親身上移開，站了起來。像是撒手不管，像是丟在一旁。他站在窗邊，拉開窗簾，望向鄰居家後方的大海。筆直的光柱映在他的眼鏡上，光芒在我的眼中變得粉碎。

「真美。」

哽咽不斷地衝上喉嚨，令我一句話都說不出來。

「那光芒真美。」

參考文獻

Lafcadio Hearn, Gleanings in Buddha-Fields（Evinity Publishing Inc.）（小泉八雲《佛田的落穗》）

Lafcadio Hearn, Out of the East（Charles E. Tuttle Company）（小泉八雲《來自東方》）

最早刊登於：

沒有名字的毒液和花——《小說 subaru》2021 年 4 月號
不會下墜的魔球和鳥——《小說 subaru》2020 年 9 月號
沒有笑容的少女之死——《小說 subaru》2019 年 10 月號
不能飛的雄蜂之謊言——《小說 subaru》2020 年 11 月號
不會消失的玻璃之星——《小說 subaru》2021 年 6 月號
不能入睡的刑警和狗——《小說 subaru》2021 年 1 月號

集結成書時經過增添及修改。

逆思流

N

（原名：N）

作者／道尾秀介
譯者／ＨＡＮＡ
執行長／陳君平
榮譽發行人／黃鎮隆
協理／洪琇菁
國際版權／黃令歡、高子甯
總編輯／呂尚燁
美術編輯／方品舒
執行編輯／丁玉霈
企劃宣傳／呂尚燁
發行／英屬蓋曼群島商家庭傳媒股份有限公司城邦分公司　尖端出版
台北市中山區民生東路二段一四一號十樓
電話：（〇二）二五〇〇－七六〇〇（代表號）
傳真：（〇二）二五〇〇－一九七九
中彰投以北經銷（含宜花東）／楨彥有限公司
電話：（〇二）八九一九－三三六九
傳真：（〇二）八九一四－五五二四
雲嘉經銷／威信圖書有限公司　嘉義公司
電話：（〇五）二三三－三八五二
傳真：（〇五）二三三－三八六三
南部經銷／威信圖書有限公司　高雄公司
電話：（〇七）三七三－〇〇七九
傳真：（〇七）三七三－〇〇八七
香港總經銷／城邦（香港）出版集團有限公司
香港灣仔駱克道１９３號東超商業中心１樓
電話：（八五二）二五〇八－六二三一
傳真：（八五二）二五七八－九三三七
E-mail：hkcite@biznetvigator.com
馬新經銷／城邦（馬新）出版集團　Cite(M)Sdn.Bhd.
E-mail：Cite@cite.com.my
法律顧問／王子文律師　元禾法律事務所
台北市羅斯福路三段三十七號十五樓
二〇二三年十一月一版一刷

Complex Chinese edition published by arrangement with Shueisha Inc., Tokyo through The Kashima Agency

■中文版■

郵購注意事項：
1. 填妥劃撥單資料：帳號：50003021戶名：英屬蓋曼群島商家庭傳媒(股)公司城邦分公司。2. 通信欄內註明訂購書名與冊數。3. 劃撥金額低於500元，請加附掛號郵資50元。如劃撥日起 10～14日，仍未收到書時，請洽劃撥組。劃撥專線TEL：(03) 312-4212 ・ FAX：(03) 322-4621。E-mail：marketing@spp.com.tw

國家圖書館出版品預行編目資料

N ／ 道尾秀介 作 ; HANA譯.　--1版.
--臺北市：尖端出版, 2023.11
面 ; 公分.--(逆思流)
譯自:N
ISBN 978-626-377-134-5(平裝)

861.57　　　　112014535